Peter Caprano

Quentin Quati

CapKo - Books

Impressum

© 2017 Peter Caprano
Kontakt: https://petercaprano.jimdo.com/

publiziert von: CapKo – Books
www.capko-books.de

Lektorat: Carolin Caprano
Illustrationen: © Peter Caprano

Cover:
Hintergrundfoto: © SpinningAngel/Shotshop.com
Illustration: © Peter Caprano
Gestaltung: © Carolin Caprano

ISBN: 9783744834834

Herstellung und Verlag: BoD - Books on Demand, Norderstedt

Bibliografische Information der Deutschen Nationalbibliothek
Die Deutsche Nationalbibliothek verzeichnet diese Publikation in der Deutschen Nationalbibliografie; detaillierte bibliografische Daten sind im Internet über http://dnb.d-nb.de abrufbar.

Peter Caprano

Quentin Quati

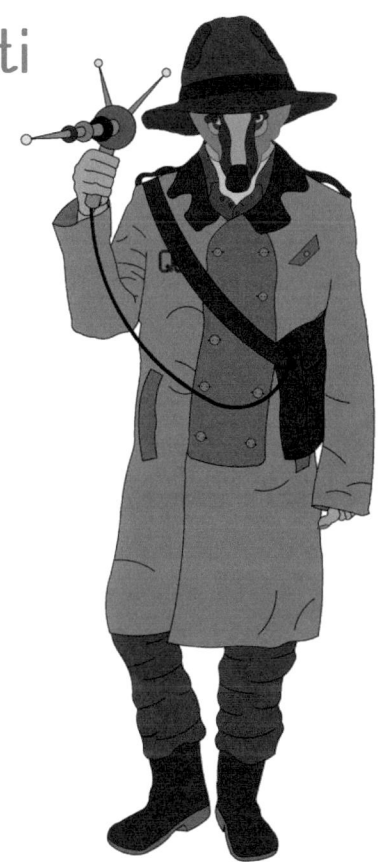

CapKo - Books

Inhaltsverzeichnis

Anhang

1 Wie alles begann

Als irdische Raumfahrer am 2.4.2157 einen bewohnten Planeten in einem bis dahin unerforschten Sonnensystem entdeckten, staunten sie nicht schlecht. Die höchstentwickelte Spezies sah aus, wie die irdischen Nasenbären. Im Gegensatz zur Erde waren sie ungefähr so groß wie wir Menschen, hochintelligent und auf einem den Menschen ebenbürtigen technischen Niveau. Deshalb nannten die Menschen das System und den Planeten Nasua, nach der wissenschaftlichen Bezeichnung der Nasenbären. Im Laufe des Informationsaustauschs stellte man fest, dass es wirklich viele Gemeinsamkeiten der beiden Spezies gab. Verblüfft waren Menschen und Nasuani zum Beispiel von der Tatsache, dass ihre Längeneinheiten fast identisch waren. Der Meter der Menschen und der Goll auf Nasua unterschieden sich nur um 0,23 Prozent. Der Goll war unterteilt in einhundert Gigoll, was ziemlich genau einem Zentimeter entsprach. Eintausend Goll ergaben einen Pagoll, also fast genau einen Kilometer.

Die Menschen sind mittlerweile schon lange wieder weg. Das Leben auf Nasua geht aber natürlich trotzdem weiter seinen gewohnten Gang.
Einer der Bewohner Nasuas ist Quentin Quati und von dem soll hier erzählt werden. Seine unstillbare Neugier hat schon früh den Wunsch in ihm geweckt, in den Weltraum zu fliegen und ferne, unbekannte Welten zu entdecken. Dafür hat er sich in der Schule mächtig angestrengt, um eines der begehrten Stipendien an der Eliteuniversität in der Hauptstadt zu bekommen. Nur Absolventen dieser Uni-

versität bekommen die Chance nach ihrem Studium eine der Stellen in den Weltraum-Forschungsprogrammen zu ergattern. Seine Begabung gepaart mit seinem Eifer haben ihn erfolgreich zuerst an die Zentraluniversität gebracht und, nach erfolgreichem Abschluss seines Studiums, ans „Institut für galaktische Lebensformen". Die Gebäude des Instituts sind uralt, bereits gebaut, als an Raumfahrt noch nicht zu denken war. Damals hieß es noch „Institut für Lebensformen" und widmete sich natürlich ausschließlich den einheimischen Tierarten. Jetzt, mit dem neuen Namen, führte es regelmäßig Forschungsreisen durch, um auf fernen Planeten unbekannte Lebensformen zu finden und zu dokumentieren. Je ungewöhnlicher diese Lebensformen sind, umso größer ist der wissenschaftliche Ruhm, den der Entdecker gewinnen kann.

Quentin braucht viel Geduld, bis er die dreijährige Einarbeitungszeit hinter sich gebracht hat. Zuerst muss er alle Fachbegriffe und ihre Bedeutung lernen. Zum Beispiel hatte er den Begriff Bioresonanzstrahlung noch nie gehört. Mittlerweile weiß er, dass jede Art von Lebewesen eine unverwechselbare Ausstrahlung hat. So kann man selbst über große Entfernungen feststellen, welche Lebensformen auf einem Planeten vorkommen. Dazu gehört auch das Ähnlichkeitsprinzip, mit dem man sogar bei unbekannten Tierarten herausfinden kann, zu welcher Artengruppe sie gehören.
Nebenher läuft die Schulung in Interkosmo, der am weitesten verbreiteten Sprache im Weltall. Die muss ein Forscher, der Expeditionen im Weltraum unternimmt, einfach beherrschen.

Außerdem analysiert und archiviert er die Berichte anderer Forschungsreisenden und nimmt regelmäßig am Raumflugtraining teil. Dabei lernt er auch viel über den Einsatz von Drohnen. Das sind kleine Fluggeräte, ausgerüstet mit Kameras und allen möglichen Messgeräten, die immer dann zum Einsatz kommen, wenn es für den Forscher zu gefährlich oder unzugänglich ist. Nun ist er im dritten Jahr und es wird ihm bereits sein persönliches Forschungsschiff zugeteilt. Er bekommt ein Einerschiff, was bedeutet, er wird alleine zu seinen Reisen aufbrechen. Dazu erhält er auch schon seine Ausrüstung, die hauptsächlich aus einer Garderobe für jede denkbare Klimazone besteht. Das Besondere daran ist, dass die Kleidung der »Abenteurer«, wie sie genannt werden, im ganzen Land einen großen Wiedererkennungswert besitzt und die Träger ein außerordentliches Ansehen genießen. Da ist einmal der lange wetterfeste Schutzmantel mit der auffälligen Doppelknopfreihe und den großen Initialen des Trägers auf der rechten Brustseite. Ergänzt wird das Erscheinungsbild durch den breitkrempigen Hut, der in dieser Form nur dem Institut für galaktische Lebensformen vorbehalten ist. Zur Ausrüstung gehört aber auch der Lähmstrahler. Mit dem kann man gefährliche Tiere außer Gefecht setzen, ohne sie zu verletzen oder gar zu töten, denn das würde gegen die Grundregeln des Instituts verstoßen.

Das Schiff ist eine extrem hochentwickelte digitale Einheit mit einer ausgeprägten Persönlichkeit. Es besteht aus dem Schiff selbst, aber auch dem dazugehörigen Cyborg, der sich unabhängig vom Schiff bewegen kann. Er ist gedacht für Wartungsarbeiten im Innern und an der Außenhülle des

Schiffes. Aber auch als Begleiter des Forschers bei Tätigkeiten außerhalb des Fahrzeugs kommt er zum Einsatz, um nur zwei seiner vielen Aufgaben zu nennen. Das ermöglicht dem Passagier sich fast komplett auf seine Forschung zu konzentrieren. Weil der Körper des Cyborgs genau nach seinem lebenden Vorbild entworfen wird, trägt der natürlich auch die Abenteurer-Klamotten. Schiff und Forscher müssen oft wochen-, monate- oder gar jahrelang zusammen reisen und deshalb ist es enorm wichtig, dass sie gut miteinander auskommen. Das ist einer der Gründe für die einjährige Eingewöhnungszeit, in der man schon mal Probeflüge im Planetenorbit unternimmt. Quentins Schiff hat den Namen Xixsel, der Cyborg hat eigentlich keinen Namen, doch Quentin nennt ihn Cybi und sie sind bereits nach einer kurzen Eingewöhnungszeit ein gutes Team geworden. Das liegt auch daran, dass sie einen ähnlich trockenen Humor besitzen. Als nun endlich die Einarbeitungszeit vorbei ist, können sie es kaum erwarten zu ihren Forschungsreisen aufzubrechen. Xixsel ist nämlich ein Neubau und auch noch nie draußen in den unbekannten Weiten gewesen.

Quentin und Xixsel schreiben ihre Erlebnisse immer im offiziellen Format für das Institut nieder. Unabhängig davon halten die Beiden auch noch gemeinsam ihre ganz persönlichen Eindrücke fest.
Dies sind die »quasi privaten« Berichte von Quentin und Xixsel.

2 Trommeln in der Nacht

Seit mehr als drei Wochen sind sie jetzt bereits unterwegs. Xixsel hat ja Zugriff auf das Zentralverzeichnis aller bereits erforschten Sonnensysteme und Planeten. Also steuern sie, in Absprache mit dem Institut, nur die unbekannten Systeme an, nehmen Messungen der Bioresonanzabstrahlung vor und gleichen diese mit dem Hauptarchiv aller Lebensformen ab. Danach wissen sie, ob sich eine Landung und Untersuchung lohnt. Zwischendurch vertreiben sie sich die Zeit mit allen möglichen Spielen, die Cybi kennt. Logikspiele sind sinnlos, weil Cybi dann sowieso immer gewinnt. Aber bei den Glücksspielen kann Quentin oft punkten.

Zurzeit sitzt Quentin zusammen mit Cybi im Aufenthaltsraum und sie spielen wieder »17 und 4«, ein Spiel, das damals die Besucher vom Planeten Erde mitgebracht haben. Ein uneingeweihter Beobachter könnte sie glatt für Zwillinge halten, so sehr hat Cybi sein Äußeres angepasst. Plötzlich gibt Xixsel Alarm. Das vor ihnen liegende Sonnensystem enthält in seiner Abstrahlung unbekannte Bioresonanzen. Auf der Stelle sind sie voll im Forschungsmodus, denn das bedeutet, hier gibt es womöglich Lorbeeren zu ernten.
Bei der detaillierten Analyse zeigt sich, dass es genau eine fremde Art gibt. Eine Aufzeichnung davon schickt Xixsel sofort ans Hauptarchiv zur genaueren Untersuchung. Dort werden die Tests nach dem Ähnlichkeitsprinzip durchgeführt, um ihnen eventuell Hinweise auf das ungefähre Aussehen der unbekannten Art geben zu können. In der Zwischenzeit können sie nur versuchen über die Strahlung und

den visuellen Kontakt vorzugehen. Aus dieser großen Entfernung sieht der Planet wie eine grüne Kugel im Dunkel des Alls aus. Kein Blau von Meeren ist zu erkennen, genauso wenig wie das Braun oder Gelb von Wüsten. »Der sieht aus wie ein Kohlkopf!« meint Quentin beim Betrachten des Fernbildes. Und weil der Planet in den Verzeichnissen noch keinen Namen hat, machen sie vom Recht des Entdeckers Gebrauch und nennen ihn »Golubitu«, wie die beliebteste Kohlsorte auf Nasua. Danach schwenken sie erst einmal in eine Umlaufbahn um ihren Kohlkopf ein, die in Spiralen die gesamte Planetenoberfläche abdeckt. In diesem Orbit wird Xixsel eine genaue Kartierung des Vorkommens der gesuchten Art erstellen. Um sich die Zeit zu vertreiben, schauen sie sich die Oberfläche des Planeten an und registrieren dabei bereits mögliche Landeplätze.

Der Planet hat tatsächlich ein total homogenes Aussehen. Über neunzig Prozent der Oberfläche sind mit Wald bedeckt, nur unterbrochen von mehr oder weniger großen Seen. Meere oder größere fließende Gewässer sind nicht vorhanden. Quentin mutmaßt deshalb, dass es unterirdische Verbindungen zwischen den Seen geben könnte. Die schlechte Nachricht dabei ist, dass es keine abgegrenzten Lebensräume gibt. Ihr unbekannter neuer Freund kann sich überall aufhalten.
Nach einem langen Tag des Wartens ist der Oberflächenscan beendet und bestätigt ihre schlimmsten Befürchtungen. Die exotische Art ist relativ gleichmäßig über den gesamten Planeten verteilt. Nur in der Nähe der Seen gibt es eine geringfügig höhere Konzentration. Wahrscheinlich,

weil die Tiere ab und zu Durst haben, kommentiert Cybi sarkastisch.

Also beschließen sie in der Nähe eines Sees zu landen. Sie suchen sich ein mittelgroßes Gewässer aus, das mit einer nahegelegenen Lichtung einen passablen Landeplatz bietet. Direkt nach dem Aufsetzen schauen sie sich um. Eine idyllische Stelle haben sie sich ausgesucht. Die Lichtung ist bedeckt mit kniehohem Gras, unterbrochen von vereinzelten Gebüschen. Der umgebende Wald ist nicht sehr hoch, kaum ein Baum überschreitet die Zehn-Goll-Marke. Allerdings gibt es zwischen den Bäumen dichtes Unterholz, das eine Beobachtung der dort lebenden Tiere erschwert. Das hohe Gras und das Unterholz bedeutet für sie, dass nur größere Tiere optisch zu erkennen sein werden. Keine gute Nachricht. An diesem Punkt ihrer Einschätzung setzt die Dämmerung ein und nach wenigen Minuten ist nur noch mit den Nachtsichtgeräten eine Beobachtung der Außenwelt möglich, von dessen Einsatz sie sich hier aber nicht viel versprechen. Deshalb beschließt Quentin erst einmal zu schlafen.

Am nächsten Morgen weckt ihn Cybi und beim Frühstück bringt er Quentin auf den neuesten Stand.
Im Laufe der Nacht sind alle Tiere in der näheren Umgebung von ihm aufgezeichnet worden: Es gibt vierundfünfzig verschiedene Arten um ihren Landeplatz herum. Keine der bekannten Art ist so groß, dass sie aus dem Gras oder gar dem Dickicht herausragen würde. Die gute Variante wäre also, dass ihr gesuchtes Lebewesen von der Höhe her das Gras überragte und so leicht auszumachen wäre. Es

existierte allerdings auch die schlechte Variante und für die spricht im Moment viel, denn sie haben bisher kein Tier sehen können. Nur die Grasspitzen wackeln hie und da auch ohne Wind.

Nach dem Frühstück absolviert Quentin den ersten Außeneinsatz. Cybi bleibt zurück als Absicherung. Zuerst sondiert Quentin den Untergrund, den bisher ja das Gras verdeckt hat. Kein Problem, er ist fest, sodass man gut laufen kann. Auch das Gras ist kein wirkliches Hindernis. Natürlich wird er von den kniehohen Halmen aufgehalten, kommt aber trotzdem zügig vorwärts. Viele kleine Tiere flüchten vor ihm, dokumentiert von der Kamera an seinem Schutzanzug, seiner BodyCam. Aber die gesuchte Art ist nicht dabei. Deren Bioresonanzstrahlung ist in seinem Messgerät gespeichert und hätte sofort Alarm ausgelöst. Also durchquert er die Lichtung und erreicht den Wald. Hier ist das Unterholz so dicht, dass er sich seinen Weg mit dem Strahler freischneiden muss. Von Xixsel dirigiert, erreicht er nach wenigen Minuten das Seeufer. Der breite gras- und kiesbedeckte Streifen am Ufer ist bevölkert von diversen Tieren, überwiegend Vögeln. Ebenso das Wasser selbst. Der Bioresonanzalarm schlägt leise an und zeigt ihm, dass irgendwo in größerer Entfernung in dem Gewusel auch die gesuchte Tierart ist. Es spricht nun viel dafür, dass es sich um einen Vogel handelt. Einige Minuten verharrt er am Ufer, genießt die friedliche, fröhliche Szenerie. Mehr ist aber im Moment nicht zu erreichen und deshalb kehrt er zum Schiff zurück.

Dort angekommen, lästert auch schon Cybi über den Misserfolg. Bei Quentins Anblick sei es ja kein Wunder, dass sich das Tier nicht gezeigt, sondern lieber die Flucht ergriffen habe. Danach beraten sie dann aber ernsthaft über das weitere Vorgehen und einigen sich darauf, eine Messdrohne zu starten. Diese soll die bevorzugten Aufenthaltsbereiche ihres Zielobjektes rund um den See aufzeichnen, damit sie gezielter vorgehen können. Die Drohne wird den ganzen Tag und die ganze Nacht fliegen, wobei sie auch automatisch tageszeitabhängige Einflüsse erfassen kann.

Den Rest des Tages verbringen sie mit Spielen. Heute ist Cybi mit der Auswahl dran und hat natürlich wieder einmal ein Logikspiel ausgewählt. Es handelt sich um Reversi, ein weiteres irdisches Spiel. Ziel des Spiels ist es, durch geschicktes Platzieren der eigenen Spielsteine möglichst viele gegnerische Steine in einer Reihe einzuschließen. Die so Eingeschlossenen dürfen dann umgedreht und damit zu eigenen Steinen gemacht werden. Wer am Ende die meistens Steine auf dem Feld hat, ist der Gewinner. Quentin weiß zwar genau wie man nicht zu schlagen ist, wenn man beginnt. Leider ist er aber immer wieder mal kurz unaufmerksam und verliert oft selbst dann. Sobald Cybi startet sind Quentins Chancen sowieso gleich Null. Deshalb gönnt er sich früh ein leckeres Abendessen und legt sich bald ins Bett.

Mitten in der Nacht wird er vom Schiff aus dem Schlaf gerissen, denn es gibt ungewohnte Aktivitäten draußen in der Dunkelheit. Xixsel schaltet die Außenmikrophone auf die Lautsprecher und sofort ist Quentins Schlafkabine mit rhythmischem Trommeln gefüllt. Es klingt, als würde die Percussion-Gruppe einer Band ein neues Stück einüben. Ein

Trommelset wird angespielt und dann mehrfach wiederholt. Danach kurze Pause und dann geht es wieder von vorne los. Da sind so tolle Rhythmen dabei, dass Quentins Beine zucken und tanzen wollen. Xixsel hat bereits geortet, dass die Klänge vom Seeufer kommen und Cybi will sofort dort hin. Also springt Quentin in seine Kleider und sie traben los, so schnell es in der Dunkelheit möglich ist. Im Wald profitierten sie von dem Pfad, den Quentin am Vortag geschlagen hat. Als sie kurz danach auf den Uferstreifen stürmen, verstummt schlagartig das Trommeln, viele Schemen rasen hin und her, erheben sich in die Luft und verschwinden dann. Cybi ist total aus dem Häuschen, denn das flüchtende Gewusel besteht aus der unbekannten Tierart. Sie haben also richtig vermutet, es handelt sich um Vögel. Aber keine normalen Vögel, sondern Vögel, die nachts trommeln. Keine ihrer Datenbanken über fremdartige Vögel enthält einen Hinweis auf so eine verrückte Verhaltensweise. Jetzt haben sie es eilig zum Schiff zurückzukommen, denn dort werden sie die Filmaufnahmen analysieren, die ihre BodyCams gemacht haben und hoffentlich endlich wissen, wie ihre unbekannte Tierart eigentlich aussieht.

Die Filme geben leider nicht so viel her wie sie erhofft haben. Vieles ist verschwommen und die Tiere verdecken sich gegenseitig. Aber wenigstens können sie so viel erkennen, dass sich ihre Vermutung bestätigt, dass es sich tatsächlich um Vögel handelt. Sie haben das Erscheinungsbild von Enten, aber mit einem total merkwürdig geformten Schnabel. Bei zwei Exemplaren war es ihnen möglich ein einigermaßen klares und vollständiges Bild herauszufiltern. Das Gefieder zeigt ein Streifenmuster, was sie von allen bekannten Enten unterscheidet. Die vorderen Flügelbereiche enden in länglichen, dünnen Fortsätzen, deren Zweck sich nicht auf Anhieb erschließt. Der Schnabel ist vorne hochgebogen und verbreitert und verleiht ihnen ein ganz sonderbares Aussehen und ist bestimmt auch hinderlich bei der Nahrungsaufnahme. Wirklich merkwürdige Tiere sind das. Doch die Evolution macht keinen Unsinn und sie werden noch herausfinden, zu was das alles gut ist. Sie einigen sich darauf diese Enten vorläufig Großschnabelenten zu nennen.

In diesem Moment meldet sich das Hauptarchiv mit den Ergebnissen der Tests. Bei der unbekannten Art handelte es sich mit an Sicherheit grenzender Wahrscheinlichkeit um einen Vogel, vermutlich ist er eine Unterart der Enten. Cybi meint dazu nur lapidar, dass sie ohne das Archiv völlig aufgeschmissen wären, was bei Quentin einen Lachanfall auslöst.

Den nächsten Vormittag verbringen sie erst einmal mit der Dokumentation der bisherigen Ergebnisse. Am Nachmittag sind sie aber dann am See bei der Beobachtung ihrer Großschnabelenten. Nun können sie sehen, dass es nur zwei Farbkombinationen gibt, gelb-braun-gestreift und gelb-türkis-gestreift. Jetzt kommt eines ihrer Spezialgeräte zum Einsatz, der Traktorstrahl. Mit dessen Hilfe kann man mit reiner Energie einen Gegenstand oder ein Lebewesen fesseln und zu sich heranziehen. Er ist also eine Art Lasso, jedoch ohne Schnur. Sie fangen einige Exemplare von jeder Sorte damit und nach einer intensiven Untersuchung ist es klar. Die Männchen sind braun und die Weibchen türkis.

Jetzt suchen sie noch eine gute Stelle am Waldrand, von der aus sie ein großes Stück des Ufers überblicken können. Dort bauen sie einen getarnten Unterstand, um in der Nacht ungesehen dem Getrommel auf den Grund gehen zu können.

Nach dem Abendessen beziehen sie Position und harren der Dinge, die da hoffentlich kommen werden. Sie harren und harren und harren, aber nichts kommt. Die Enten suchen am Strand und im Wasser nach Futter, schnattern miteinander, aber von Trommeln keine Spur. Enttäuscht kehren sie zum Schiff zurück und Quentin verschläft den Tag, während Xixsel über dem Trommelproblem brütet. Er hat die Idee, dass der Unterstand vielleicht einfach nicht gut genug getarnt ist, die Enten sich gestört fühlen und deshalb nicht trommeln. Also verändern Quentin und Cybi den Unterstand, bis er wirklich nicht mehr von dem restlichen Waldrand zu unterscheiden ist. Zusätzlich beziehen sie auch schon am frühen Abend Stellung und warten, warten und warten. Die Enten fühlen sich offensichtlich nicht gestört, denn sie nähern sich dem Unterstand bis auf eine Armlänge und zupfen dort Gräser. Aber kein Trommeln, nicht mal ein einziger Bums. Erneut ziehen sie enttäuscht ab.

Am nächsten Nachmittag, nachdem Quentin ausgeschlafen hat, halten sie Kriegsrat und kommen zu dem Entschluss erst einmal mehrere Kameras am Ufer zu installieren, die jede Nacht aufzeichnen. So können sie zwar nicht direkt dabei sein, Quentin kann aber wenigstens nachts wieder schlafen.

So vergehen zehn Tage. Die Tage verbringen sie damit die offizielle Dokumentation zu vervollständigen. Ihre privaten Berichte sind auch bereits soweit fertig. Also wird mit vielen Spielen die endlose Zeit gefüllt. Morgens nach dem Aufstehen ist Quentins erste Frage die nach dem Trommeln. Bisher leider immer mit negativer Antwort. Xixsel reagiert bereits leicht genervt, weil er ja versprochen hat ihn sofort zu wecken, wenn die Trommelei losgeht.

Am elften Tag überrascht Xixsel mit einer neuen Erkenntnis. Er hat den Planeten genauer unter die Lupe genommen und dabei festgestellt, dass es einen Mond mit einer unregelmäßigen Umlaufbahn gibt. Das führt dazu, dass er mehr oder weniger vom Schatten des Planeten verdeckt wird. Es gibt also Mondphasen, genau wie auf ihrem Heimatplaneten. Xixsel entwickelte nun die Theorie, dass die Mondphasen auch hier Einfluss auf das Verhalten der Tiere haben könnten und die Trommelei nur bei Vollmond stattfindet. Denn beim ersten Trommeln war Vollmond gewesen und morgen würde wieder Vollmond sein. Das klingt für Quentin einleuchtend und ist somit wenigstens ein Hoffnungsschimmer.

Sofort beginnen Cybi und Quentin mit den Vorbereitungen. Sie überprüfen alle Kameras und richten den Beobachtungsunterstand her. Doch das dauert nicht besonders lange und das nervenaufreibende Warten beginnt. Endlich ist es soweit. Noch bei Tageslicht beziehen sie ihre Position im Unterstand, schalten zum gefühlt hundertsten Mal alle Kameras auf den Bildschirm und beginnen die Minuten zu zählen. Langsam senkt sich die Dämmerung auf den Strand und erzeugt so eine mystische Stimmung. Total schwarze Nacht wird es aber nicht, das ist dem Vollmond geschuldet, der fett und gelb am Himmel steht.

Plötzlich hören sie Flügelschlagen und die ersten Enten landen. Soweit sie sehen können, handelt es sich nur um gelbbraune Männchen. Die laufen jetzt aufgeregt hin und her und schnattern in einer unglaublichen Lautstärke. Als dann der Mond immer höher steigt, verändert sich das. Die Männchen werden immer ruhiger und beginnen sich am Strand in einer langen Reihe aufzustellen. Schließlich stehen alle total still und sind auf einer Linie aufgereiht. Pünktlich zum höchsten Mondstand flattert es wieder und Weibchen landen am Ufer, zu erkennen an ihrem gelb-türkisen Gefieder. Sofort beginnen die Gelandeten die Reihe der Männchen abzuschreiten. Bei manchen bleiben sie stehen, offensichtlich um sie genauer zu mustern. Fällt die Begutachtung nicht zu ihrer Zufriedenheit aus, watscheln sie weiter. Kann das Männchen jedoch gefallen, beginnt das Ritual. Das Weibchen senkt den Kopf, bis es mit den Flügelfortsätzen den Schnabel erreichen kann. Dann trommelt es mit ihnen einen Rhythmus darauf. Sofort senkt auch das Männchen den Schnabel und trommelt den gleichen Rhythmus, mehr oder weniger gut. Das wiederholt sich einige Male. Fällt der Trommeltest negativ aus, watschelt das Weibchen weiter und sucht sich einen anderen Erpel. Bei positivem Ergebnis jedoch, fliegen die beiden gemeinsam davon. Die wilde Trommelparty dauert über eine Stunde, wird nach und nach aber leiser, weil immer weniger Enten übrig sind. Schließlich fliegen die Weibchen, die nicht fündig geworden sind, eins nach dem anderen davon.

Die Männchen verharren noch eine Weile, wahrscheinlich auf ein Wunder hoffend. Doch schlussendlich fliegen auch sie davon und der Strand ist abermals leer.

Quentins und Cybis Begeisterung ist grenzenlos. Diese Nacht werden sie nie vergessen. Sofort traben sie nach Hause zum Schiff, die Kameras werden sie am nächsten Tag abbauen, das hat Zeit. Vordringlich ist es, die Dokumentation zu erstellen, solange die Erinnerung noch frisch ist. Einig sind sie sich allerdings auf der Stelle, dass die Bezeichnung Großschnabelente diesen einzigartigen Vögeln nicht gerecht wird. Es dauert nur wenige Augenblicke, bis sie den wirklich passenden Namen gefunden haben. Sie machen vom Namensrecht des Entdeckers Gebrauch und nennen sie Bongo-Enten.

3 Vorsicht Stolperfalle

Quentin liegt gemütlich auf der Liege, die Sonne scheint angenehm warm auf seinen Pelz, die Palmen wiegen sich leicht im Wind und ganz leise hört man das Meer rauschen. So ist das Leben schön, so lässt es sich aushalten. Kein Stress, kein Ärger, kein Schweiß, einfach nur die Seele baumeln lassen.

Von einer Sekunde auf die andere, erscheint über ihm aber plötzlich wieder die graue Kabinendecke. Xixsel hat die Projektion abgeschaltet. Das kann nur bedeuten, dass er etwas entdeckt hat. Und so ist es auch. Er kommt sogar persönlich in Gestalt seines Cyborgs vorbei, um ihm die Neuigkeiten zu überbringen.

Es ist die übliche Nachricht. In dem Sonnensystem auf das sie gerade zusteuern, gibt es eine unbekannte Bioresonanzstrahlung, also eine unbekannte Tierart. Da trauert Quentin dem Strandleben keinen Augenblick nach, denn eine unbekannte Tierart bedeutet Abenteuer auf einem unbekannten Planeten. Genau deshalb hat er ja schließlich seine komplette Ausbildung gemacht, genau für diese Momente.
Es beginnt das übliche Prozedere: Meldung ans Hauptarchiv mit der Bitte um eine Analyse der Strahlung. Danach das Einschwenken in eine spiralförmige Umlaufbahn, um beim Überfliegen der Oberfläche die Aufenthaltsorte dieser Art zu kartieren. Natürlich schauen sie sich dabei auch bereits an, was sie da unten wohl erwartet. Yxpasol, so heißt der Planet, ist ein ganz typischer Planet mit einem großen Meer und mehreren Kontinenten. Ein Kontinent sticht dabei her-

aus. Er ist fast rund, hat entlang der gesamten Küste einen hohen, braunen Gebirgszug und ist im Inneren komplett grün. „Sieht aus, wie ein leckerer Kuchen!" mein Cybi grinsend dazu. Auf den anderen Kontinenten sehen sie die übliche Verteilung der Klimazonen mehr oder weniger willkürlich verstreut, denn es gibt große Wüsten, ausgedehnte Steppen, riesige Urwälder und auch mit Schnee und Eis bedeckte Berge. Auffällig ist, dass der große Unbekannte nur an einer Stelle lebt, jedoch nicht auf dem Kuchen, sondern auf einem anderen Kontinent. Dort kommt er allerdings recht zahlreich und ziemlich gleichmäßig verteilt vor. Die Flora ist ein Mix aus Wäldern und großen Wiesen, typisch für einen vielfältig bewohnten Lebensraum.

Neugierig, wie sie sind, kommt es natürlich nicht in Frage auf die Meldung des Hauptarchivs zu warten. Es kann die Arbeit zwar erleichtern, wenn man weiß wonach man sucht, auf der anderen Seite kribbelt es jedoch viel zu sehr in den Fingern und sie wollen loslegen. Also entscheiden sich die Beiden für einen Landeplatz am Meeresstrand.
Ihr Messgerät zeigt ihnen diverse Exemplare in einer bestimmten Richtung an, also marschieren sie los. Am Übergang von Strand zu Wald, registrieren sie mit Genugtuung, dass es wenig Unterholz gibt. Sie können ohne Hilfsmittel direkt in den Wald laufen. Allerdings nicht weit, denn nach wenigen Schritten liegt Quentin auf der Nase. Cybi lacht und fragt, ob das Bübchen noch am Laufen lernen ist. Dann macht er einen Schritt zur Seite und liegt auf dem Rücken. Nun lacht Quentin und sinniert, ob er nicht lieber einen neuen Begleiter anfordern soll.

Als sie wieder ernst sein können, schauen sie nach, was sie denn zu Fall gebracht hat. Auf Anhieb ist nichts zu erkennen, der Boden hat einfach nachgegeben, eine weiche Stelle halt. Nachdem sie sich aufgerappelt haben, setzen sie ihren Marsch vorsichtig fort, immer den Blick auf den Boden gerichtet. Es hilft aber nichts, denn zack ist Cybi wieder gestürzt. Offensichtlich ist der Boden hier überall weich. Das wollen sie jetzt doch genau wissen und Cybi geht deshalb zurück zum Schiff, um passendes Werkzeug zu holen.

Quentin bleibt allein zurück und das ist ein Fehler. In Gedanken versunken macht er einen Schritt zur Seite. Sofort bricht er wieder ein und stürzt. Sein Fuß hat sich dabei so in den Wurzeln verhakt, dass er ihn nicht frei bekommt. Was ist, wenn jetzt das unbekannte Tier kommt? Wenn es am Ende auch noch gefährlich ist? Schnell will er Xixsel benachrichtigen, doch beim Sturz hat sich sein Headset gelöst und liegt jetzt außerhalb seiner Reichweite am Boden. Nun kann er nur noch warten bis Cybi zurückkommt und hoffen, dass inzwischen keine aggressiven Tiere auftauchen, denn auch sein Strahler, den er bei Außeneinsätzen immer bei sich trägt und mit dem er einen Angreifer lähmen könnte, steckt nicht mehr im Holster. Der liegt auch irgendwo da im Gras. Hektisch versucht er doch noch seinen Fuß freizubekommen, vergebens. Von solchen Situationen hat er in den Berichten anderer Expeditionen immer wieder gelesen. Doch er konnte sich nicht wirklich vorstellen, was für ein Gefühl das ist, bis er es jetzt selbst erleben muss. Er fühlt sich so allein und hilflos, wie noch nie im Leben. Angestrengt beobachtet er die Umgebung. Hat sich da ein Ast bewegt? Was ist das für ein Rascheln im Gebüsch? Es ist ein Albtraum!

Cybi, der natürlich glaubt, dass die Welt in Ordnung ist, hat sich inzwischen mit einer Schaufel bewaffnet gemütlich auf den Rückweg gemacht und will es Quentin über das Headset durchsagen. Aber er bekommt keine Antwort. Das gab es noch nie, dass der nicht antwortet. Sofort hat Cybi ein schlechtes Gefühl. Da wird doch nichts passiert sein? Sie hätten sich nicht trennen dürfen, das ist eigentlich streng verboten und entspricht nicht den Regeln, die das Team stets einzuhalten hat. Auf der Stelle wirft er die Schaufel weg und fängt an zu rennen, versucht so schnell wie möglich zu Quentin zu kommen. Endlich erreicht er den Waldrand und sieht ihn da am Boden liegen, verzweifelt an seinem Fuß zerrend, der anscheinend festhängt. Mit wenigen Schritten erreicht er ihn und gemeinsam gelingt es ihnen den Fuß aus dem Wurzelwerk zu lösen.

Als Quentin wieder etwas durchgeatmet hat, folgt der nächste Schreck. Handtellergroße Fußspuren führen vom naheliegenden Gebüsch bis fast an die Stelle, an der er gelegen hat. Das muss ein etwas größeres Tier gewesen sein, das sich da hinter seinem Rücken angeschlichen hat. Was immer es war, es hat zum Glück wieder abgedreht und ist verschwunden. Quentin ist nun völlig fertig und sie entscheiden deshalb für heute alles abzubrechen, damit er sich erholen kann.

Am nächsten Morgen hat Quentin den Schock ganz gut verdaut und sie machen da weiter, wo sie gestern von dem vermaledeiten Sturz unterbrochen wurden. Auf dem Weg zum Waldrand lesen sie die weggeworfene Schaufel auf und beginnen zu graben. Schnell ist zu erkennen, was den

Boden so weich macht. Er ist durchzogen von dünnen Röhrengängen, die sich besonders in der Nähe der Pflanzen konzentrieren. Ob dafür so eine Art Wühlmäuse verantwortlich ist? Dagegen spricht, dass es den Gewächsen trotz der Gänge offenbar sichtlich gut geht. Keine Wurzeln sind angefressen, im Gegenteil sie sind dick und gesund, weitgehend frei von Würmern und Engerlingen. Eventuell haben sie es ja mit winzigen Maulwürfen zu tun, die nach Schädlingen suchen und sie dann vertilgen. Über den Weg gelaufen sind ihnen aber bisher weder Mäuse noch sonstiges Kleingetier. Nur irgendwelche Schweine haben sie in der Ferne im Unterholz bemerkt, die eifrig nach Nahrung suchen. Viel konnte man nicht von ihnen sehen, nur, dass sie türkis durch die Blätter schimmerten. Türkise Schweine waren ihnen auch noch nicht untergekommen. Jetzt fehlen nur noch grüne Rehe, meint Cybi dazu.

Und zwischendurch hat auch der Empfänger immer wieder mal ein entferntes Signal vermeldet und die Beiden daran erinnert, dass sie ja eigentlich nicht nach Maulwürfen suchen. Oder vielleicht doch? Das Hauptarchiv hat sich bis dato nicht gemeldet und da war ja noch alles möglich. Also gehen die beiden Forscher zurück zum Strand, machen es sich dort gemütlich und Quentin verzehrt eine reichliche Vesper. Andere Bewohner des Planeten genossen auch das Strandleben. In sicherer Entfernung zu ihnen tummelt sich nun wirklich so eine Art Rehe beim Bad im Meer und die sind doch tatsächlich von richtig kräftig grüner Farbe. Quentin schüttet sich aus vor Lachen und lobt Cybi für seine hellseherische Vorahnung. Bald haben sie aber genug, kehren zum Schiff zurück und überbrücken die Wartezeit mit diversen Runden RatzliPutzli. Das ist ein Würfelspiel, bei dem es nicht nur darauf ankommt mit seinen Spielfiguren möglichst schnell ins Ziel zu kommen, sondern viel wichtiger ist es, die gegnerischen Spielsteine zu schlagen und damit an den Startpunkt zurückzuschicken. Heute ist das Glück beiden Kontrahenten etwa gleich hold und so wird es nicht langweilig. Irgendwann ist Quentin jedoch müde und verzieht sich in seine Kabine zum Schlafen.

Nach gefühlten fünf Minuten, wird er jedoch von Xixsel wieder geweckt. Das Archiv hat die Ähnlichkeitsergebnisse übermittelt und aller Wahrscheinlichkeit nach handele es sich um eine Art Schweine. Das war der Hammer! Schweine hatten sie ja bereits gesichtet, türkise Schweine, um genau zu sein - also nichts wie hin und die Exoten mal genauer unter die Lupe genommen.

Vor Ort angekommen, können sie tatsächlich wieder die türkisen Schweine im Unterholz erkennen. Ihr Versuch näher heran zu kommen endet allerdings kläglich bereits nach wenigen Goll. Quentin landet auf der Nase und Cybi mehr auf der Seite. Dieser Boden ist einfach zu tückisch. Xixsel meint, wenn sie so weiter machen, würde man sie beide bald selbst für Schweine halten, bei all dem Dreck, der an ihrer Kleidung klebt. Sie ändern ihre Strategie und schicken erst einmal eine Drohne los, die ja glücklicherweise von den Bodenverhältnissen nicht beeinträchtigt ist. Eigentlich erscheint die Art der Annäherung gut bedacht, doch was hilft eine Drohne, wenn die Objekte des Interesses ständig im Unterholz unterwegs sind. Am Bildschirm können sie eigentlich nie ein Tier komplett sehen, immer verdecken die Äste und Blätter Teile davon. Es ist zum Haareausraufen! Als ihre Laune total am Tiefpunkt angekommen ist, meldet sich Xixsel und meint: »Wenn ihr nicht zu den Schweinen kommt, können die Schweine ja zu euch kommen. Ich werde das Unterholz überfliegen, dabei viel Krach erzeugen und die Tiere zu euch an den Strand treiben.«

Das ist eine geniale Idee, die sofort in die Tat umgesetzt wird. Nachdem sie sich mit ihren Kameras am Strand in Position gebracht haben, geben sie das Startsignal. Kurz darauf kommt das Schiff im Tiefflug über den Wald gesaust und erzeugt über die Außenlautsprecher einen Höllenlärm. Es brummt, zischt und knallt in einer Lautstärke, die hart an der Schmerzgrenze liegt. Das Ergebnis übertrifft alle Erwartungen, denn kurz darauf rollt eine Lawine bestehend aus Schweinen, eingehüllt in eine Wolke aus Staub und Dreck, aus dem Wald heraus. Sie überflutet den Strand und verschwindet dann am Wasser entlang in der Ferne. Nur Staub und Dreck bleiben da und setzen sich bevorzugt auf die beiden Beobachter, die sofort aussehen, wie irgendwelche Dreckmonster. Aber was erträgt man nicht alles für die Wissenschaft. Leider sind die Filmaufnahmen in keiner Weise brauchbar. Zu sehen sind nur schemenhafte Gestalten in einem Nebel aus Staub und Dreck. Enttäuscht lassen sie das Schiff landen und säubern sich erst einmal. Frisch geduscht entscheiden sie, dass es für heute genug ist und jeder versuchen soll über Nacht eine brauchbare Idee zu entwickeln.

Quentin hat eine sehr unruhige Nacht, ständig wird er von Albträumen geplagt. Eine Horde wilder Schweinebestien mit armlangen Hauern ist in den Bergen hinter ihm her, während er verzweifelt versucht über ein Schneefeld zu entkommen. Ständig sinkt er im Schnee ein und kommt nicht vorwärts. Der geifernde Mob holt auf, schnappt bereits nach ihm und Quentin wacht schweißgebadet auf. Am nächsten Morgen fühlt er sich wie gerädert, hat tiefe Ringe unter den Augen und miese Laune. Als er Cybi von seinen Träumen erzählt, macht der natürlich wieder seine Witzchen darüber, was Quentins Stimmung nicht verbessert. Doch dann wird Cybi schlagartig total ernst. »Das ist die Lösung, du hast die Lösung geträumt!«, ruft er aus. Der Albträumer kapiert erst einmal gar nichts, bis er aufgeklärt wird. Schneeschuhe sind das, was sie brauchen. Genau, wie diese das Einsinken auf Schnee verhindern, werden sie ihnen auch Stabilität auf dem weichen Untergrund im Wald geben. Der Clou dabei ist, dass Schneeschuhe tatsächlich zu ihrer Ausrüstung gehören. Da verbessert sich Quentins Gemütszustand von einer Sekunde auf die nächste. Haben etwa höhere Mächte seine Träume gelenkt, fragt er sich. Oder hat einfach sein Unterbewusstsein im Schlaf weiter an der Lösung gearbeitet? Er entscheidet, dass die zweite Erklärung ihm besser gefällt.

Schnell haben sie die Schneeschuhe aus der Kleiderkammer geholt und angezogen. Die Probeläufe am Waldrand bestätigen die vermuteten Eigenschaften. Sie können damit nicht rennen, aber sicher laufen, was ja absolut ausreichend ist. Und schon machen sie sich auf, um endlich ihre türkisen Schweine genauer unter die Lupe zu nehmen.

Ganz vorsichtig, aber problemlos können sie sich einer Rotte im Unterholz nähern. Nachdem sie einen guten Aussichtpunkt bezogen haben, filmen sie die Tiere bei ihren Aktivitäten. Was ihnen dabei sofort auffällt ist der Rüssel. Die Tiere haben statt Schnauze einen Rüssel von etwa halber Körperlänge mit dem sie ständig den Boden absuchen. Warum ein Rüssel, wo eine Schnauze doch ausgereicht hätte? Das werden sie genauer untersuchen müssen. Sie können es von ihrer Position aus nicht erkennen und halten ihre Kameras deshalb gezielt auf die Köpfe und den Rüssel der Tiere. Vielleicht geben die Aufnahmen ja Aufschluss. Zusätzlich fangen sie ein Schwein mit dem Traktorstrahl und schauen sich den Rüssel mal aus der Nähe an. Dieser hat an der Spitze ein Loch, das von Borsten gesäumt ist und darum herum auf dem Rand ragen vier eisenharte Dornfortsätze nach vorne heraus. Darauf können sie sich keinen Reim machen und beschließen hier die Beobachtung abzubrechen. Sie werden erst einmal die Filme auswerten, in der Hoffnung dabei des Rätsels Lösung zu entdecken. Sie befreien das Schwein aus dem Traktorstrahl, das sofort laut quiekend davonstiebt und seine Rotte sucht.

Die Videoaufnahmen bringen dann die Erklärung des Rüsselphänomens. In den hochauflösenden Zeitlupenaufnahmen kann man die Funktion des Rüssels erkennen. Es ist ein Bohrrüssel, dessen Spitze sich schnell hin- und herbewegt. Die vier Dornfortsätze helfen dabei auch festen Boden zu durchdringen. Wird der Rüssel aus dem so entstandenen Loch gezogen, steckt oft in der Öffnung an der Spitze zwischen den Borsten ein Wurm oder Engerling. Umgehend landet der dann mit einem kurzen Puster im Mund. So vertilgen die Schweine die Schädlinge ohne die Pflanzen zu beschädigen. Außerdem lockeren sie auch noch den Boden auf, was den Gewächsen ebenfalls gut tut.

»So ein Schwein muss ich meiner Mutter für ihren Garten mitbringen!« ruft Quentin spontan aus. Das ist natürlich nicht möglich, denn es ist absolut untersagt irgendwelche Tiere mitzunehmen – leider. Und so verabschieden sie sich von ihrem neuentdeckten Rüsselschwein.

4 Intermezzo

Es gibt so diese Tage, die entschädigen für Vieles. So ein Tag ist heute. Drei Wochen sind sie unterwegs und nichts haben sie entdeckt. So etwas ist echt frustrierend. Natürlich kennen sie die Aufzeichnungen anderer Expeditionen, die teilweise monatelang ohne Erfolg unterwegs waren. Wenn man es aber selbst erlebt, ist es doch wieder etwas ganz Anderes. Ihre Laune ist definitiv auf dem Tiefpunkt, als sie diesen kleinen Planeten ansteuern, doch dann passiert das Wunder. Fünf verschiedene unbekannte Tierarten strahlen ihre Bioresonanz in ihren Empfänger. Sie umrunden den Planeten einmal und zwei weitere Strahlungen tauchen auf. Siebenmal Erfolg, das ist einfach phänomenal. Sie können ihr Glück gar nicht fassen. Davon hat noch kein Bericht erzählt, noch nie hat jemand sieben unbekannte Arten auf einem Planeten gefunden. Allerdings scheint dieser Himmelskörper prädestiniert dafür. Unzählige kleine Kontinente oder große Inseln sind über alle möglichen Klimazonen verteilt. Von den eisigen Polregionen bis zum glühend heißen Äquator.

Etwas verwirrend ist allerdings die Tatsache, dass dieser Planet in ihren Karten nicht verzeichnet ist und es ihn eigentlich gar nicht geben dürfte. Das System gibt es, die anderen Planeten sind erfasst, nur diese kleine Wundertüte fehlt. Aber das soll sie nicht verwirren, aller Wahrscheinlichkeit nach ist es nur ein Fehler der Kartographen.
Da sie nicht alle Arten auf einmal untersuchen können, wählen sie zuerst eine Art, die auf einem Kontinent in der gemäßigten Klimazone lebt. Schnell haben sie einen guten

Landeplatz auf einer großen übersichtlichen Ebene gefunden und sind gelandet. Die Strahlung ist intensiv, mindestens ein Tier muss sich also in der Nähe aufhalten. Flugs schnappen sie ihre Ausrüstung und steigen aus. Die Bioresonanz wird immer stärker, das Tier scheint sich zu nähern. Und da sehen sie es auch bereits. Ein großer Vogel hält im Tiefflug auf sie zu und landet auf einem Baumstumpf direkt vor ihnen. Auf den ersten Blick würden sie sagen, dass es ein Adler ist, ein ziemlich großer Adler. Und außerdem ein sehr merkwürdiger Adler. Auf dem Kopf trägt er eine rote Fliegerhaube und eine blaue Fliegerbrille, wie sie es von uralten Berichten aus der Frühzeit der Fliegerei kennen. Am Körper hat er ein ritzerotes Leibchen an, auf dem groß »Refugia« steht. Was ist das denn?

Doch das sind der Überraschungen noch nicht genug, denn der Vogel beginnt zu sprechen. Ein wenig krächzend, wie ein Papagei, aber dabei doch gut verständlich:
»Willkommen auf Refugia! Mein Name ist Jack und ich bin einer der hiesigen Ranger. Würden sie mir bitte umgehend ihre Landeerlaubnis zeigen.«
Landeerlaubnis? Nun sind sie total verwirrt. Sie erklären dem Vogel, dass sie ein Forschungsteam sind und nicht wussten, dass man hier eine Landeerlaubnis braucht. Daraufhin erläutert ihnen Jack, dass der Planet Refugia sich in Privatbesitz befindet und eine Landung ohne vorher beantragte Erlaubnis nicht zulässig ist. Er müsse jetzt erst einmal beim Besitzer rückfragen, wie dieser Fall gelöst werden soll. Dann dreht er sich etwas zur Seite und spricht eine ganze Weile in ein Mikrophon, das anscheinend in seiner Kappe eingebaut ist. Danach stellt er Quentin weitere Fragen und

will wissen, woher sie kommen, was sie genau erforschen und in wessen Auftrag. Auch diese Informationen gibt er an den unsichtbaren Besitzer weiter. Dann die Überraschung: »Herr Muquagwo würde sich freuen sie zu empfangen, um mit ihnen über ihre Forschungsaktivitäten zu sprechen. Wenn sie mir bitte folgen würden.«

Jack der Ranger wartet geduldig, bis sie wieder eingestiegen sind, hebt dann zusammen mit dem Schiff ab und fliegt voraus. Nach ungefähr einer halben Stunde setzt er auf einer Lichtung zur Landung an. Während Xixsel ihm folgt, können sie erkennen, dass am Waldrand ein kleines Holzhaus steht. Eigentlich hatten sie bei einem Planetenbesitzer eine große Residenz erwartet.

Während sie von Bord gehen, kommt ihnen von dem Häuschen bereits eine große Gestalt entgegen. Ihr Körperbau sieht vertraut aus, denn sie läuft auf zwei Beinen, hat zwei Arme und einen Kopf. Freundlich werden sie in perfektem Interkosmo begrüßt und das Wesen stellt sich als Herr Aguo Muquagwo vor, also ein Mann. Er hat hellblonde, fast weiße Haare, die im Genick zu einem Zopf gebunden sind. Sein Teint ist tiefbraun, fast schwarz, was ihn in ihren Augen sehr ungewöhnlich erscheinen lässt. Auch hat er kein Fell, sondern eine glatte Haut. Bekleidet ist er mit einer lockeren, langen, mittelblauen Hose und einem dunkelgrünen T-Shirt. Dazu an den Füßen leichte Leinenschuhe. Insgesamt macht er einen sehr lockeren und entspannten Eindruck. Quentin und Cybi stellen sich natürlich ebenfalls vor und fühlen sich in ihren langen Expeditionsmänteln und den breitkrempigen Hüten irgendwie etwas »overdressed«. Gemeinsam gehen sie dann zurück zum Haus und nehmen auf der kleinen Veranda Platz. Auch Jack der Ranger setzt sich aufs Geländer und folgt interessiert dem Gespräch, das sich nun entwickelt. Herr Muquagwo meint, dass er erst einmal kurz von sich erzählen sollte, damit sie wissen, mit wem sie es zu tun haben. Da haben Quentin und Cybi natürlich keine Einwände, sind sie doch unsagbar neugierig.

Und die Erzählung beginnt er mit seiner Herkunft von einem Planeten, den sie nicht kennen, in einem Sonnensystem, das sie zwar schon mal auf Sternenkarten gesehen haben, von dem sie aber keine Details wissen. Dort hat Herr Muquagwo viele Jahre einen großen Konzern geleitet und dabei viel Geld verdient. Doch irgendwann ist ihm klar geworden, dass so etwas kein sinnvolles Lebensziel ist. Teil seiner Abfindung zum Abschied war dann dieser Planet, der sich im Besitz der Firma befunden hat. Er ist mal gekauft worden, weil man dort Bodenschätze, wie wertvolle Metalle und seltene Mineralien vermutet hatte, was sich aber als falsch herausstellte. Für ihn jedoch ist das die optimale Basis für seine neue Berufung, denn er hat sich vorgenommen hier bedrohten Tierarten ein Überleben zu sichern. Aus diesem Grund hat er ihn auch Refugia getauft, nach dem Interkosmobegriff für einen geschützten Rückzugsort. Durch die vielen Klimazonen kann er fast jedem Tier einen optimalen Lebensraum bieten. Deshalb findet er auch die Arbeit des Instituts für galaktische Lebensformen so interessant, denn eventuell kann man ja sinnvoll zusammenarbeiten.

Nun erzählen auch Quentin und Cybi detaillierter von ihrer Arbeit, wobei sich Herr Muquagwo eifrig Notizen macht.

Gelegentlich stellt er sogar Zwischenfragen, wenn ihm etwas nicht sofort klar ist.

Mittendrin springt Herr Muquagwo plötzlich auf und meint, dass er ja ein miserabler Gastgeber sei. Schnell ist er im Haus verschwunden, um kurz darauf mit einem großen Tablett wieder aufzutauchen. Darauf Gläser, eine Wasserkaraffe und eine Schüssel mit Keksen, die köstlich schmecken, wie Quentin sofort herausfindet. Außerdem bietet er ihnen das Du an, meint bei so vielen gemeinsamen Interessen ist das angemessen. Kurz danach sitzen auf der Veranda nicht mehr Herr Muquagwo, Herr Quati und Herr Xixsel sondern Aguo, Quentin und Cybi. Das macht die gemütliche Atmosphäre gleich noch etwas gemütlicher.

Als Quentin und Cybi ihren Bericht beendet haben, wird es bereits dunkel. Da bietet ihr Gastgeber an, ihnen am nächsten Tag bei einem Rundflug den Planeten etwas genauer zu zeigen, weil es eine Menge zu sehen gibt. Das nehmen sie gerne an und danach ziehen sie sich erst einmal für die Nacht aufs Schiff zurück. Jack der Ranger sitzt immer noch auf dem Geländer, doch die Augen sind schon seit geraumer Zeit geschlossen. »Der anstrengende Dienst als Ranger hat wohl seinen Tribut gefordert«, meint Quentin augenzwinkernd. »Oder unser Gespräch war einfach zu spannend.« Aguo lacht leise in sich hinein, um Jack nicht zu wecken. Es sieht so aus, als hätten sie auch beim Humor Gemeinsamkeiten.

Früh am nächsten Morgen geht es los, nachdem sie von Ranger Jack geweckt wurden. Erst dezent, dann etwas nachdrücklicher hat er mit seinem Schnabel angeklopft.

Xixsel und Cybi haben natürlich reagiert und Quentin aus dem Schlaf gerissen, der nun noch leicht verschlafen in dem kleinen Fluggerät von Herrn Muquagwo sitzt. Doch schnell ist er hellwach, denn der Rundflug ist hochinteressant. Auch weil der stolze Planetenbesitzer alles ausführlich erklärt.

Höhepunkt der Planetenführung ist der Besuch in der großen Krankenstation. Völlig unsichtbar liegt sie in einem Hügel verborgen. Aber das Innere lässt Quentin und Cybi aus dem Staunen nicht herauskommen. In den Krankenzimmern kann man das Klima beliebig einstellen, genau angepasst an den jeweiligen Patienten. Temperatur, Luftfeuchtigkeit, Lichtspektrum, ja selbst die Hintergrundgeräusche sind völlig flexibel zu wählen. Betreut wird alles von Cyborgs, die für alle denkbaren Fälle perfekt programmiert wurden. So etwas haben sie noch nicht gesehen und man merkt Aguo an, wie stolz er darauf ist. Gerade sind sie auf dem Weg in die Geburts- und Aufzuchtstation, als es plötzlich Alarm gibt. Sirenen heulen und der Lautsprecher informiert, dass der Morovan ausgebrochen ist und sich alle in Sicherheit bringen sollen, bis man die Lage wieder unter Kontrolle hat. Aufgeregt rennen Cyborgs den Gang entlang auf der Suche nach einem Unterschlupf. Quentin besitzt keine Vorstellung, was ein Morovan ist, doch er scheint gefährlich zu sein. Automatisch zuckt seine Hand zum Halfter mit dem Strahler, doch den hat er im Schiff gelassen. Ein schneller Blick zu Cybi zeigt, dass es dem genauso geht. Herr Muquagwo hat gerade eine Tür geöffnet, hinter der sie sich in Sicherheit bringen können, als ein großes Tier an der Ecke des Ganges erscheint. Es sieht entfernt aus, wie ein Hund, ungefähr wie eine Dogge. Aber die Schulterhöhe beträgt bestimmt zwei Goll und das Gebiss im offenen Maul sieht furchterregend aus. Cybi und Aguo sind mittlerweile in den rettenden Raum geflüchtet und rufen nach Quentin. Der jedoch bleibt mitten im Gang stehen, wie zu einer Salzsäule erstarrt. Erst läuft der Morovan auf ihn zu, doch nach wenigen Goll bremst er ab und schaut auf Quentin. Der jedoch nimmt ihn überhaupt nicht zur Kenntnis, sondern betrachtet interessiert die Wand des Gangs. Nach einigen Sekunden fängt der Morovan an leise zu jaulen und legt sich hin. Doch immer wieder schaut er zu dieser Salzsäule namens Quentin hinüber und scheint auf irgendetwas zu warten. Dann, nach einer gefühlten Ewigkeit, dreht Quentin den Kopf, sagt etwas und klopft dabei auf seinen Oberschenkel. Sofort erhebt sich das Tier, läuft zu ihm und bleibt dort abwartend stehen. Wieder ein kurzer Befehl und er setzt sich ruhig hin. Dafür gibt es von Quentin eine Streicheleinheit, die freudig zur Kenntnis genommen wird. Ein weiteres kurzes Kommando und schon laufen die Beiden zusammen den Gang entlang und verschwinden um die Ecke. Die zwei Beobachter in der halboffenen Tür sind sprachlos. Was war das denn? Kann Quentin zaubern? Verfügt er über hypnotische Fähigkeiten?

Kurze Zeit später kommt Quentin wieder zurück, aber alleine. Den Morovan hat er in seinem Zimmer abgeliefert, die Tür verschlossen und gesichert. Die aufgeregten Fragen unterbricht er und erklärt dann die Situation. Er kennt diese Tiere von zu Hause, dort nennt man sie Milikki. Mit drei Stück von der Sorte ist er aufgewachsen. Die sehen zwar enorm gefährlich aus, sind aber nur mutig, wenn sie spüren, dass der andere Angst hat. Am leichtesten schüchtert man sie ein, indem man sie überhaupt nicht zur Kenntnis nimmt. Herr Muquagwo ist begeistert und wird die Cyborgs umgehend entsprechend unterrichten. Auch nennt er das Geschehene ein gutes Beispiel, wie durch eine Zusammenarbeit beide Seiten profitieren können. Cybi hingegen meint dazu nur, dass er es sich anders überlegt hat und er nun mit sofortiger Wirkung seine Bewerbung als Klinikmitarbeiter zurückzieht. Das ruft allgemeines Grinsen hervor.

Als sie am Abend wieder auf der Veranda zusammensitzen, ist natürlich das Geschehen in der Klinik erneut Thema. Sie vereinbaren, dass eine Kooperation mit dem Institut für galaktische Lebensformen angeregt und hoffentlich realisiert wird. Sie wären gerne noch etwas geblieben, um sich Refugia genauer anzuschauen und auch die unbekannten Tierarten zu registrieren und zu erforschen. Aber zuerst muss die Zusammenarbeit in geregelte Bahnen gelenkt werden. Doch dann werden sie gerne wiederkommen und das Register der unbekannten Tierarten um sieben Einträge erweitern. Dabei werden sie auch ihren Erstkontakt auf diesem Planeten etwas persönlicher kennenlernen und dabei hoffentlich herausfinden, was oder wer genau das ist, Jack der Ranger.

5 Naschkatze voraus

Dieses Mal mussten sie nicht suchen. Das Hauptarchiv hatte ihnen die Koordinaten des Planeten Balutata übermittelt. Balutata ist die umgangssprachliche Bezeichnung für »der Violette« und violett schimmert er auch aus der augenblicklichen Entfernung. Eine frühere Expedition hatte ihn entdeckt und mit ihm eine unbekannte Tierart. Leider konnten sie nicht näher nachforschen, weil technische Probleme sie zur Rückkehr gezwungen hatten. Als nun Xixsel und Quentin gerade in der Nähe sind, sollen sie das jetzt nachholen. Denen passt das nicht, weil eigentlich nur selbst entdecken so richtig Freude macht, aber ablehnen können sie natürlich auch nicht. Also fügen sie sich in ihr Schicksal und fordern detaillierte Informationen an.

Die fremden Tiere sind mit an Sicherheit grenzender Wahrscheinlichkeit Schlangen, voraussichtlich eine Art der Pythons, also ungiftig. Alles allerdings mit einem Fragezeichen versehen, was bedeutet, dass Vorsicht angesagt ist. Also sucht Quentin schon mal die entsprechende Schutzkleidung heraus. Hohe bissfeste Leggins und unterarmlange Handschuhe. Sein Mantel bot Schutz genug für den Rest und ins Gesicht würden sie ihm hoffentlich nicht springen. Derweil hat Xixsel bereits mit dem Aufspüren begonnen. Beim Überfliegen der Oberfläche vermerkt er jedes Vorkommen der Schlangen, sodass sie später leichter eine Entscheidung über den günstigsten Landeplatz treffen können. So überfliegen sie drei Kontinente, die alle in der gemäßigten Zone liegen, also ein angenehmes Klima haben. Auch die total vereisten Polkappen werden gescannt, man weiß ja nie. Als die Kartierung beendet ist, stellen sie fest, dass die gesuchten Schlangen relativ gleichmäßig über die Kontinente verteilt sind. Also sind sie völlig frei bei der Wahl des Landeplatzes und sie entscheiden sich für eine große Lichtung am Ufer eines Sees. Direkt nach der Landung scannen sie die Umgebung und es gibt tatsächlich dreiundsechzig der gesuchten Schlangen in einem Umkreis von fünfhundert Goll. Das sollte das Auffinden zu einem relativen Kinderspiel machen und schon bessert sich ihre Laune.

Der erste direkte Blick nach draußen versetzt ihnen dann aber einen leichten Schock. Die Lichtung ist umgeben von dichtem Dschungel, aber nicht der Dschungel, den sie gewöhnt sind. Grün suchen sie vergeblich, stattdessen finden sie ein komplettes Spektrum von Rot- und Violetttönen. Der violette Schimmer des Planeten aus der Entfernung kam also nicht von ungefähr und sein Name war total passend. Nicht nur die Blätter, nein auch die Stämme und Äste zeigen sich in diesen seltsamen Farben. Dabei haben sie geglaubt, dass große Pflanzen, wie Bäume ohne Blattgrün nicht existieren können. Hier erleben sie den eindeutigen Gegenbeweis. Xixsel ist der erste, der die logische Schlussfolgerung zieht. Wenn die Pflanzen hier so exotisch aussehen, was erwartet sie dann bei den Tieren? Ihre Neugier steigt an. Da es aber bereits dunkel wird, verlegen sie den ersten Ausflug auf den nächsten Morgen. Quentin ist nun mal auf Schlaf angewiesen, was Cybi schon wiederholt spaßig bemängelt hat. Warum ist er nur mit so einem Versager gestraft? Alleine hätte er schon die doppelte Anzahl Welten erforscht. Heute aber verzichtet er darauf und lässt Quentin unkommentiert in seine Kabine gehen.

Am nächsten Morgen direkt nach Quentins Frühstück marschieren sie los. Sie folgen der Richtung aus der die meisten Strahlungen kommen. Es überkommt sie immer noch das Gefühl im falschen Film zu sein. Zu ungewohnt sind diese Farbtöne für einen Wald. Es gibt wenig Unterholz, nur ab und an ein Gebüsch oder wenige Sträucher, also kommen sie flott voran. Nach wenigen Minuten haben sie den Ausgangspunkt der Strahlungen erreicht, eine große Lichtung mit einer Menge Sträucher. Zwischen und an den Sträuchern wuselt es. Wahrscheinlich die Schlangen, die aber kaum auszumachen sind, denn sie haben die identischen Färbungen, wie die violette Umgebung. Erst überlegen sie, wie die Schlangen wohl auf die Sträucher gekommen sind, doch dann erleben sie es live. Diese Tiere haben kleine Flügel, mit denen sie kurz abheben können. Also flattern sie an den Pflanzen hoch, wickeln sich um einen Ast und sind oben. Was die Schlangen auf den Sträuchern wollen, kann man auf die Entfernung nicht erkennen. Deshalb filmen sie das hektische Geschehen mit den hochauflösenden Kameras, um es später in Ruhe auswerten zu können.

Beim Anschauen der Filme erleben sie eine Überraschung nach der anderen. Wenn man in Superzeitlupe die kurzen Flüge der Tiere anschaut, kann man erst die ganze Schönheit von diesen erkennen. Ohne den langen Schlangenleib hätte man sie schier für Schmetterlinge halten können. Außerdem kann man erkennen, dass sie offensichtlich an den Sträuchern etwas abzupfen. Soweit sie erkennen können, handelt es sich um Beeren. Sind das Vegetarier? Wenn ja, dann haben sie es mit noch größerer Sicherheit nicht mit giftigen Exemplaren zu tun. Ein gewisses Restrisiko bleibt allerdings und Quentin würde ganz gewiss nicht leichtsinnig werden, sondern weiterhin Schutzkleidung tragen. Die Filme haben auf der einen Seite Einiges geklärt, auf der anderen Seite jedoch neue Fragen aufgeworfen. Am kommenden Tag werden sie also wieder aufbrechen und gezielt nachsehen.

Früh am darauffolgenden Morgen geht es dann los. Diesmal kommt die Mehrzahl der Strahlungen aus einer anderen Richtung, sie landen aber erneut an einer Lichtung mit Sträuchern und Schlangen. Quentin will sich gerade einen kleinen Energieriegel genehmigen, weil das Frühstück zu karg ausgefallen ist, als es neben ihm zischt. Erschrocken schaut er sich um und sieht eines der Reptilien keinen Goll von seinem linken Bein entfernt. Das Tier hat sich halb aufgerichtet und fixiert ihn mit seinen Schlitzaugen. Vor lauter Überraschung lässt er den Riegel fallen, der blitzartig verschlungen wird. Wellenförmige Bewegungen durchlaufen den langen schmalen Körper, dann eine Pause und zack kommt die leere, zu einem Klumpen geformte Verpackung wieder zum Vorschein. Der Inhalt allerdings bleibt verschwunden.

»Schau mal Cybi, das ist keine Schlange, das ist eine Naschkatze!« ruft Quentin erstaunt aus. Die besagte Naschkatze hat sich inzwischen wieder halb aufgerichtet, fixiert ihn unentwegt und zischt in einem fort. Das Zischen klingt recht moduliert, fast wie eine Sprache. Als diese Gedanken durch Quentins Kopf gehen, meldet sich plötzlich Xixsel, der ja immer per Übertragung live dabei ist.

»Dieses Tier spricht und ich konnte die Sprache einigermaßen entschlüsseln«, sagt er und weist aber darauf hin, dass die Qualität der Übersetzung jetzt zu Beginn eher noch niedrig ist. Je mehr Gespräche es noch belauschen könne, umso besser würde die Qualität werden. Dann kündigt das Schiff an, dass die Übersetzung jetzt auf die Kopfhörer geschaltet wird.

»Hallo Schatzi, hast du lecker?«, dringt es an Quentins Ohr. Der ist total geplättet, alles hätte er ja erwartet, aber nicht das.

»Hallo Schatzi, hast du lecker?«, ertönt es schon wieder. Da hat er sich aber ungewollt eine richtige Naschkatze angefüttert. Probehalber geht er ein paar Schritte Richtung Waldrand, doch die Schlange bleibt an seiner Seite.

»Hallo Schatzi, hast du lecker?«, klingt es aus seinem Kopfhörer. Er spendiert einen weiteren Riegel in der Hoffnung, dann etwas Ruhe zu haben. Der Riegel erreicht nicht einmal den Erdboden, sondern wird blitzartig aus der Luft geschnappt. Danach folgen erneut die Wellenbewegungen und schwupps ist der Verpackungsklumpen wieder da. Und Quentins Hoffnung erfüllt sich, denn die Naschkatze ist nun wohl satt und schweigt. Allerdings lässt sie ihn nicht aus den Augen und folgt ihm überall hin.

»Da hast du wohl eine Eroberung gemacht!«, witzelt Cybi breit grinsend. Das veranlasst Quentin dazu der Schlange einen Namen zu geben. Wegen ihrer ursprünglichen Ernährungsvorliebe für Beeren, nennt er sie Beerbel. Cybi bekommt einen Lachanfall. Selbst, als sie zurück zum Schiff marschieren, bleibt die Schlange an ihrer Seite. Und sie ist sehr flink, hat keine Probleme mit dem Tempo von Quentin mitzuhalten. Erst als sie ans Schiff kommen, bleibt sie in einiger Entfernung zurück, das ist ihr wohl unheimlich. Doch sie überrascht unsere beiden Abenteurer noch mit einem »Hallo Schatzi, bald wieder da?«.

Am Abend konferiert Quentin mit dem Schiff zum Thema Übersetzung. Er will mit der Schlange auch reden können, also einen Dialog führen. Allerdings nur, wenn er es für angebracht hält. Dafür schlägt Xixsel das Standardprotokoll vor. Sobald Quentin »X on« sagt, ist die Übersetzung eingeschaltet und wird über seinen Lautsprecher übertragen, mit »X off« wird sie wieder abgeschaltet. Quentin ist mit dem Vorschlag einverstanden und entwickelt bereits Ideen, wie sie das nutzen können.

Am nächsten Morgen gibt es keine wirkliche Überraschung. Irgendwie haben sie das ja erwartet. Sobald sie das Schiff verlassen, wartet Beerbel bereits auf sie. »Guten Morgen Schatzi, gut geschlafen?«, ertönt es sofort. Quentin sagt »X on« und redet dann mit der Schlange. Sagt ihr, dass er es ganz toll findet, sie hier getroffen zu haben und dass sie sich noch mehr Lecker verdienen kann, wenn sie ihnen bei der Arbeit hilft.

»Ich gut Arbeit, viel Lecker verdiene!«, ist die Antwort
»Was ist Arbeit, Schatzi?«

Quentin erklärt ihr, dass sie alles über Beerbel und ihre Artgenossen wissen wollen, wie sie leben, was sie essen, einfach alles eben. Weil sie von dieser »Arbeit« bestimmt Hunger bekommt, erhält sie dafür jeden Tag zwei Lecker.

»Arbeit ist gut, schnell anfangen!«, ist ihre Antwort. Und sie fangen sofort an. Beerbel erklärt, dass die Schlangen wirklich bevorzugt diese Beeren essen, weil sie das mit ihren Zähnen so gut können. Mit einem kurzen Sprung und schnellem Flattern, springt sie auf Quentins Schulter und schlingt ihren Körper um seinen Hals. Flugs faltet sie die Flügel zusammen und dann erscheint ihr Kopf vor Quentins Gesicht. Im offenen Maul kann der nun die abgerundeten Zähne sehen, die noch dazu auf Lücke stehen. Damit kann man wirklich prima irgendwelche Beeren vom Strauch abstreifen. Und, wo sie jetzt schon mal oben ist, bleibt sie auch gleich auf Quentins Schulter sitzen und plaudert fleißig weiter. Die Pythons essen aber auch andere Beeren oder sogar frische Knospen, doch am liebsten diese eine Sorte Beeren. »Aber Lecker ist noch viel besser als Beeren!«, sagt sie abschließend und man könnte meinen, ein Grinsen würde ihr Schlangenmaul umspielen. Und dafür gibt es auch schon Lecker Nummer eins und sie machen Mittagspause, denn auch Quentin hat Hunger. Er verzichtet aber auf einen Riegel, um Beerbel nicht zu beunruhigen.

Am Nachmittag erfahren sie dann alles über Fortpflanzung und Kinderaufzucht, denn das ist neben dem Essen auch ganz wichtig. Damit hat sich Beerbel ihr Lecker Nummer Zwei verdient und sie machen Feierabend. Wieder begleitet sie die Schlange bis kurz vors Schiff und verabschiedet sich dann mit: »Morgen wieder lecker Arbeit!«.

Früh am nächsten Morgen verlassen sie erneut das Schiff, schon sehnsüchtig erwartet von Beerbel, die sofort auf Quentins Schulter flattert und ihren Kopf an seiner Wange reibt. »Guten Morgen Schatzi, jetzt wieder lecker Arbeit!«, ist ihre Begrüßung. Diesmal reden sie über Jahreszeiten und Winterschlaf. In der kalten Jahreszeit ziehen sich die Schlangen in Erdhöhlen zurück und verschlafen die meiste

Zeit. Ein kleiner Vorrat an getrockneten Beeren ist für die kurzen Wachphasen gedacht. Und schon ist es Mittag geworden, es gibt Lecker und sie machen Pause. Zum Essen zieht sich Beerbel heute ins Gebüsch zurück. Als Quentin geschmaust hat, steht er auf, um sich etwas die Beine zu vertreten. Da raschelt es vor ihm Gebüsch, das ist sicherlich Beerbel, die wieder auf die Schulter will. Doch weit gefehlt! Eine Kobra schlängelt sich aus dem Gebüsch, richtet sich vor ihm auf und wiegt den bissbereiten Kopf hin und her. Quentin bleibt wie erstarrt stehen. Weil Beerbel ja harmlos ist, hat er heute auf die unbequeme Schutzkleidung verzichtet. Das könnte sich jetzt rächen. Er könnte die Kobra ja mit dem Strahler lähmen, wenn er an den Strahler käme ohne die Kobra zum Biss zu reizen. Das lässt er lieber sein. Cybi kann auch nicht helfen, denn der hat sich für einen kleinen Spaziergang abgemeldet, ist die Wartezeit beim Essen doch sonst immer sehr langweilig für ihn.

So bleibt Quentin nur die Wahl ganz ruhig stehen zu bleiben und zu hoffen, dass sich die Kobra zum Abzug entschließt. Quentin weiß nicht, wie lange er noch so ruhig stehen bleiben kann und die Beine fangen bereits langsam an zu zittern. Nach einigen schweißtreibenden Minuten, die sich wie Stunden anfühlen, schießt plötzlich ein Schemen aus dem Gebüsch und beißt die Kobra. Die Kobra will sich wehren, stößt aber immerzu ins Leere, zu schnell ist Beerbel mit ihren Flattersprüngen. Ja, es ist Beerbel, die da Quentin zu Hilfe geeilt ist. Jedes Mal, wenn die Kobra versucht zu beißen, handelt sie sich ihrerseits einen Biss von Beerbel ein. Nach wenigen Augenblicken ist das ungleiche Duell entschieden und die Kobra verschwindet im Gebüsch.

Da springt Beerbel sofort wieder auf Quentins Schulter und sagt: »Beerbel schützt Schatzi, Beerbel und Schatzi gehören zusammen!«

Quentin kommen fast die Tränen und er streichelt Beerbel sanft über den Körper, was sie sichtlich genießt. Dann gibt es auch schon das nächste Lecker als Belohnung. Als sich Beerbel am Abend vor dem Schiff von Quentin verabschiedet hat, fehlt ihm sofort der leichte Druck von Beerbels Gewicht auf den Schultern. So sehr hat er sich bereits daran gewöhnt.

Nach einem weiteren Tag mit vielen Informationen und zwei wohlverdienten Lecker, ist eigentlich alles geklärt und Xixsel drängt zum Aufbruch. Sie sind Forscher und keine Urlauber! Also versucht Quentin Beerbel zu erklären, dass er abreist. Beerbel versteht das und sagt: »Schatzi macht Winterschlaf, dann kommt er wieder!«. Zum Abschied reibt sie sich noch einmal an seiner Wange und flattert dann von seiner Schulter. Kurz bevor sich die Schleuse des Schiffes schließt, wirft Quentin schnell ein Dutzend Riegel nach draußen als Abschiedsgeschenk für seine Schmetterlingspython.

6 Erdbebengebiet

Quentin ist total aufgeregt. Sie spielen Atschagalatscha, ein Logikspiel und er hat tatsächlich die Chance zu gewinnen. Die Spieleauswahl erfolgt immer nach demselben Schema: Einer darf den Typ wählen, also Logik oder Glück. Der andere sucht dann das Spiel aus. Cybis Wahl ist natürlich auf Logik gefallen, Quentins Raffinesse macht ihm aber einen Strich durch die Rechnung. Selbiger hat sich vorher schlau gemacht und eine Vielzahl von Logikspielen untersucht. Atschagalatscha ist ihm dabei aufgefallen, denn es handelt sich um so eine Art Antilogik-Spiel. Der Computer gibt einen halben Satz vor und der Spieler muss ihn so vollenden, dass keinerlei logischer Zusammenhang zum ersten Teil besteht. Das bereitet Cybi enorme Probleme, ist er doch auf strenge Logik programmiert.

Und so führt Quentin im Moment mit Neun zu Sechs und hat den Sieg schon vor Augen.

Der aktuelle Satz lautet:
»Der Höhepunkt des Gartenjahres ist,«
Cybi hat ergänzt:
»wenn nichts mehr angepflanzt wird.«
Quentin hat vervollständigt:
»wenn im Keller die Wäsche kocht.«

Und er ist überzeugt, dass Cybis Variante ungültig ist und seine Abart natürlich gültig. Dann hätte er zehn Punkte erreicht und damit gewonnen. Jetzt warten sie also gespannt auf die Entscheidung des Computers.

Doch die kommt nicht, denn es gibt Fremdartenalarm. Der Planet, den sie gerade ansteuern, enthält eine fremde, unerforschte Tierart und erfordert auf der Stelle ihre Aufmerksamkeit. Quentin versucht noch mit dem Schiff zu verhandeln. Nur eben schnell die Spielentscheidung herbeiführen und dann natürlich sofort die Pflicht. Doch das Schiff ist unerbittlich, denn der Dienst hat absoluten Vorrang vor dem Spiel. Cybi mischt sich da nicht ein, grinst nur leise vor sich hin und schaut dabei interessiert zur Decke. Dann fragt Quentin nach, ob man den aktuellen Spielstand wenigstens speichern kann, um das Spiel später fortzusetzen. Auch das wird negativ beschieden, denn das Schiff hat alles bereits gelöscht. Dieser Zeitvertreib ist es nicht wert aufgezeichnet zu werden. Da sinkt Quentins Laune natürlich gleich weit unterhalb des Nullpunktes und diese vermaledeite fremde Tierart kann ihm jetzt schon gestohlen bleiben. Cybi streut noch etwas Salz in die Wunde mit seinen zuckenden Mundwinkeln und der Bemerkung: »Da bin ich mit dem Schiff total einer Meinung! Unsere Pflicht muss immer im Vordergrund stehen!« Doch das zieht Quentin nicht weiter herunter – im Gegenteil! Es reißt ihn aus seiner egoistischen Sichtweise und lässt ihn erwidern: »Wenn ich dich nicht hätte, ich wäre ja total verloren!«. Damit ist die Sache geklärt und sie können sich nun endlich den wichtigeren Dingen zuwenden.

Der Planet selbst, Mnamnali, ist sein fast unaussprechlicher Name, steckt voller Überraschungen. Ein riesiges Meer mit nur einem Kontinent, quasi eine große Insel. Falls es sich also um ein Landtier handelt, stehen die Chancen gut. Wenn es aber ein Meeresbewohner ist, dann gute Nacht.

Der Oberflächenscan läuft ja bereits und sie sind tatsächlich vom Glück begünstigt, denn das geheimnisvolle fremde Wesen kommt bisher nur auf dem Land vor. Das wird dann auch von der Rückmeldung des Hauptarchivs bestätigt. Es handelt sich aller Wahrscheinlichkeit nach um eine besondere Hamsterart, eine von dreiundsiebzig Hamsterarten des Planeten.

Hamster? Hatte der einzige Kontinent gerade noch eine überschaubare Ausdehnung gehabt, zeichnete er sich von nun an durch seine annähernde Unendlichkeit aus. Wie soll man auf so einer Fläche einen bestimmten Hamster finden. Xixsel und Quentin sind erst einmal bedient.

Doch es kommt noch besser, denn am Ende der Kartierung müssen sie zur Kenntnis nehmen, dass es genau hundertdreiundzwanzig Exemplare dieser einen gesuchten Hamsterart auf dem gesamten Erdteil gibt. Das ist die berühmte Stecknadel im Heuhaufen. Selbst Cybi, der sonst immer noch einen kessen Spruch auf Lager hat, gibt keinen Mucks von sich. Der Kontinent ist nicht unbedingt riesig, ungefähr 120000 Quadrat-Pagoll, doch umgerechnet auf hundertdreiundzwanzig Hamster sind das knapp tausend Pagoll pro Exemplar. Bei der üblichen Größe eines Hamsters, ist er auf 120000 Quadrat-Goll bereits so gut wie unsichtbar. Da ist es Quentin, der sie aus der Grübelei reißt mit den Worten »Wer, wenn nicht wir?«

Sie landen ziemlich genau in der Mitte der großen Insel, damit sie überall schnell hinkommen können. Beim ersten Ausflug stellen sie fest, dass der Scan Recht hat, die gesuchten Hamster sind gleichmäßig verteilt. Egal in welche Richtung sie den Bioresonanzempfänger halten, sie bekommen immer ein schwaches Signal auf der entscheidenden Frequenz. Allerdings auch immer überlagert durch die anderen zweiundsiebzig Arten. Überall sind Hamster zu sehen. Sie wuseln durchs Gras, sitzen auf Büschen, manche schauen sogar von den Ästen der Bäume herunter, es ist zum Verzweifeln. Wenn sie gerade noch gedacht haben, es könnte nicht schlimmer kommen, so haben sie sich getäuscht. Eben folgen sie gerade einer einigermaßen klaren Messung, als plötzlich die Erde bebt. Nicht so schlimm, dass es sie umgeworfen hätte, aber doch deutlich spürbar. Nachdem ihnen das dreimal passiert ist, kommen sie zu dem Schluss, dass der Kontinent auch noch seismisch sehr aktiv ist, dass es also immer wieder zu kleinen, aber auch größeren Erdbeben kommen kann. Sie haben ja auch sonst keine Probleme! Die Vorschriften für Expeditionen in erdbebengefährdeten Gebieten sind klar. Sie müssen jederzeit einen Mindestabstand zueinander halten, aber trotzdem immer Blickkontakt bewahren. Das Schiff darf nicht am Boden sein, Ausnahmen sind nur das Absetzen und Aufnehmen der Besatzung. Das macht die Arbeit nicht unbedingt einfacher.

So sind sie am nächsten Tag unterwegs. Quentin ist ein Stück in den Wald gegangen und sucht nach den Hamstern. Cybi steht am Strand und schaut ihm dabei zu. Xixsel schwebt ungefähr einen Pagoll entfernt über dem Meer. Diese Anordnung entspricht zu hundert Prozent den Vorschriften, aber zu null Prozent einer effektiven Arbeit. Mit dem Strahlungsmesser lokalisiert Quentin die gesuchten Hamster und geht weiter in den Wald hinein, immer brav gefolgt von Cybi. Xixsel verharrt auf seiner Position über dem Meer. Erst als sie sich parallel zum Ufer verschieben, folgt auch das Schiff. Gerade wird die Strahlung intensiver, also die Entfernung zum Zielobjekt geringer, da bebt die Erde wieder. Quentin bleibt stehen und nach kurzer Zeit lässt das Zittern des Bodens mehr und mehr nach. Doch jetzt ist auch die starke Hamsterstrahlung weg, wahrscheinlich hat das Beben die Tiere verscheucht. Es ist zum Haareausraufen. Das wiederholt sich in ähnlicher Form mehrfach und langsam haben sie keine Lust mehr. Doch ein guter Forscher gibt nicht auf! Deshalb motivieren sie sich neu und machen weiter.

Da meldet sich überraschend Xixsel, denn ein Stabilisator ist ausgefallen und das Schiff musste auf dem Wasser notlanden. Ein Vogel ist mit dem Schiff kollidiert und hat dabei wahrscheinlich die Antenne des Stabilisators beschädigt. Zum Glück haben sie entsprechende Ersatzteile an Bord. Jetzt wird Cybi gebraucht, um außen auf der Hülle, wo der Stabilisator sitzt, die Reparatur vorzunehmen. Doch der steht im Wald und hat Quentin im Auge. Cybi kommentiert das mit: »War ja klar, dass so etwas genau jetzt passieren muss! Es wäre ja sonst nicht spannend!«
In Anbetracht der Situation, fällt Quentin diesmal das Lachen etwas schwer. Cybi und Quentin brechen die Suche also erst einmal ab und begeben sich zum Strand. Die Reparatur des Schiffs hat absolut höchste Priorität. Sie können das Schiff in der Ferne auf dem Wasser schaukeln sehen. Ohne den Stabilisator kann es sich im Wasser nicht gezielt fortbewegen. Das hat es schon versucht, hat sich aber immer nur Kreise gedreht und ist dem Ufer keinen Goll näher

gekommen. Quentins erste Idee ist schwimmen, doch sofort legt Xixsel ein Veto ein. Er hat im Umkreis des Schiffs gleich zwei verschiedene Arten von Raubfischen geortet, Haie und Barrakudas. Da sind sie erst einmal ratlos, denn ein Boot haben sie ja nicht.

Xixsel durchforscht seine Datenbanken und stößt bei einfachen Transportmitteln auf dem Wasser auf den Begriff Floß. Das sagt ihnen erst einmal gar nichts, aber es gibt dazu Bilder und Bauanleitungen. Sie schauen sich das an und es sieht auf den ersten Blick recht einfach aus. Sie brauchen zuerst Holz, das gut schwimmt. Davon gibt es eigentlich jede Menge. Doch die dicken Palmen am Strand könnten sie zwar mit dem Strahler abschneiden, aber nie und nimmer bis ins Wasser transportieren. Sie benötigen dünnes Holz, das aber gut schwimmt. Da ist es Cybi, der die richtige Idee hat: »Bambus, ich habe vorhin auf der Lichtung Bambus gesehen!« Und sofort sind sie unterwegs.
Auf der Lichtung angekommen, steht da wirklich jede Menge Bambus in allen Dicken und Längen. Unterdessen hat Xixsel bereits eine Bauanleitung für ein kleines Bambusfloß gefunden. Optimal dafür wären armdicke Bambusstangen. Die gibt es hier reichlich, also fangen sie mit dem Fällen an. Zuerst schneiden sie Stangen von fünf Goll Länge und tragen die zum Ufer. Als sie genug Bambus für eine zwei Goll breites Floß haben, werden noch drei Querstreben geschnitten.

Nun fehlt aber noch Material zum Zusammenbinden, die Anleitung schlägt hier Lianen vor – also wieder los in den Wald und Lianen gesucht. Das erweist sich als Problem, denn im ufernahen Palmenwald wachsen keine Lianen. In der Ferne haben sie aber andere Bäume über den Palmen aufragen sehen, dort marschieren sie jetzt hin. Nach einem halbstündigen Fußmarsch werden sie fündig, hohe Bäume dicht von Lianen umschlungen. Die Bauanleitung empfiehlt daumendicke Lianen, also schneiden sie reichlich davon ab und machen sich auf den Heimweg.

Das Zusammenbinden ist längst nicht so simpel, wie es auf den ersten Blick aussieht. Zudem müssen sie es auch noch im flachen Wasser durchführen, denn das fertige Floß ist wahrscheinlich zu schwer für einen Transport durch zwei Leute. Nach drei Stunden und mehreren Fehlversuchen haben sie es dann aber geschafft, sie haben tatsächlich ein Floß gebaut. Überraschenderweise ist es tragfähig und stabil, wie ein erster Belastungstest zeigt. Sie sind von sich selbst begeistert. »Wir sind die genialsten Floßbauer der Galaxis«, rufen sie im Chor und klopfen sich gegenseitig auf die Schultern.
Doch Xixsel stoppt ihre Euphorie. Sie haben die Paddel vergessen, denn rudern mit den Armen ist bei den vorhandenen Raubfischen keine gute Idee. Das ist zwar ein prima Hinweis, doch wo bekommt man Paddel her? Auch hier hilft die Datenbank. Ein Notpaddel kann man gut aus großen Palmblättern herstellen und Palmblätter gibt es ja zum Glück an ihrem Strand genug. Mit dem Strahler trennen sie zwei große Blätter oben an einer Palme ab. Dann schnell einen Stiel freigeschnitten, den Rest auf eine gute Länge gekürzt und schon sind sie endlich startklar.

Wie empfohlen, knien sie sich hintereinander aufs Floß und schon geht es los. Doch es dauert etwas, bis sie einen guten Paddelrhythmus gefunden haben, der sie auch in die Richtung voranbringt, in die sie wollen. Als sie sich aber erst einmal richtig abgestimmt haben, kommen sie flott voran und erreichen bald das Schiff. Dort werden sie von Xixsel freudig empfangen und mit Lob überschüttet.

Eigentlich bräuchten sie jetzt erst einmal eine Pause. Doch die Vorstellung auf einem fremden Planeten mit einem unbekannten Ozean die Nacht an Bord eines manövrierunfähigen Schiffs zu verbringen, lässt sie weitermachen. Da es inzwischen dunkel geworden ist, arbeitet Cybi im Licht der Lampe, die Quentin hält, eifrig am Austausch der beschädigten Antenne. Es ist kurz vor Mitternacht, als es endlich vollbracht ist. Auch ein kurzer Probestart gelingt, sie könnten also im Gefahrenfall in der Nacht starten. Vorerst bleiben sie jedoch auf dem Wasser, weil die Endabnahme noch nicht durchgeführt ist. Hundemüde, aber beruhigt und stolz geht Quentin ins Bett. Das war ihre erste echte Bewährungsprobe und sie haben sie erfolgreich gemeistert.

Am darauffolgen Morgen klettert Cybi noch einmal auf die Hülle des Schiffes und überprüft genauestens seine Reparatur. Alles sieht okay aus und als er zurück an Bord ist, erfolgt der Start. Ohne Schwierigkeiten hebt das Schiff ab, alles ist wieder in Ordnung.
Also können sie sich endlich erneut ihrer eigentlichen Aufgabe widmen, der Suche nach dem Hamster. Sie nehmen die Messungen vor und finden ein Zielobjekt einige Pagoll entfernt in der Nähe des Strandes. Schnell fliegt Xixsel

dorthin, setzt sie am Strand ab und nimmt dann wieder seine Warteposition über dem Wasser ein. Cybi bleibt im vorgeschriebenen Abstand am Ufer zurück. Gerade als Quentin die erste Palmenreihe erreicht hat, fängt die Erde wieder an zu beben. Diesmal allerdings etwas heftiger. Vorsichtig bleibt er erst einmal an einer Palme stehen, um sich gegebenenfalls festhalten zu können. Plötzlich ertönt aus dem Wald das laute Krachen von brechendem Holz, dann werden nicht weit von Quentin zwei Palmen zur Seite gebogen und ein Hamster erscheint. Aber was für ein Hamster! Bestimmt fünf Goll hoch und sicher tonnenschwer steht er am Strand und schaut sich um. Als wäre das alles bis jetzt nicht genug, trägt er auch noch ein großes Horn auf der Stirn. Es besteht wohl aus hellem Elfenbein und ist spiralig gedrechselt, wie in den Märchen bei den Einhörnern. Jetzt geht er zielstrebig auf Quentin zu. Der steht wie erstarrt, doch Cybi hat schon den Lähmstrahler gezogen, kann aber nicht schießen, weil die beiden so nahe beieinanderstehen. Er wartet noch ab, aber im äußersten Notfall muss er eben beide lähmen.

Der Hamster schaut Quentin erst einmal genau an und schnuppert danach neugierig an ihm. Jetzt schiebt er ihn ganz vorsichtig mit seinem Horn zur Seite und knickt mit einem kurzen Griff seiner Arme die Palme ab. Genüsslich schmaust er danach die Kokosnüsse, die daran hängen inklusive der dicken Schalen. Als alle Nüsse gefressen sind, blickt er sich erst nach allen Seiten um und marschiert dann den Strand entlang zur nächsten Palme. Dabei bebt die Erde heftig und es ist klar, dass es kein seismisches Beben ist, sondern ein Hamsterbeben.

Es dauert einige Zeit, bis Cybi und Quentin sich von diesem Schock erholt haben. Sie stehen nur da und schütteln den Kopf. So etwas hätten sie sich selbst mit ihrer blühendsten Phantasie nicht ausdenken können. Quentin löst sich als Erster aus der Schreckstarre und meint zu Cybi: »Ich hoffe, du hast alles schön gefilmt, sonst glaubt uns das keiner.« Nach der positiven Antwort sind sie sich schnell einig, dass sie für heute genug haben und sie lassen sich direkt von Xixsel abholen.

Am nächsten Tag jedoch geht die Hamstererforschung mit Hochdruck weiter. Erdbeben drohen ja nicht mehr, also bleibt Xixsel am Boden, als er Cybi und Quentin abgesetzt hat und die Beiden gehen wieder gemeinsam zur Hamster-erkundung. Bald haben sie wieder einen der Gigant-Hamster entdeckt. Der nimmt sie kaum zur Kenntnis, wahrscheinlich hat er keine natürlichen Feinde hier auf dem Planeten. Sein Tagesablauf besteht überwiegend aus dem Essen von Kokosnüssen. Er bricht die Palmen nicht immer ab. Kommt er im Stehen gut an seine Lieblingsspeise, dann pflückt er sie auch nur. Was aber auffällt, ist, dass er bevorzugt bestimmte Palmen aberntet, anscheinend hat er da Präferenzen. Die Botanikkenntnisse des Forschungsduetts reichen jedoch nicht aus, um die genaue Art zu bestimmen, deshalb machen sie genügend Bilder von den Bäumen. Damit haben dann die Fachleute am Institut ausreichend Material zum Auswerten und können hoffentlich die Lücke in ihrem Bericht füllen. Sobald es dunkel wird, rollt sich der Hamster zu einer großen Kugel zusammen und schläft. Einen Bau scheint er nicht zu haben. Cybi meint dazu nur lakonisch: »Das wäre ja auch bei seiner Größe eine ganz schön heftige Herausforderung.«

Es dauert weitere zwei Tage voller Beobachtung, Filmen und Fotografieren, bis sie alle Daten zusammen haben, die sie für ihren Bericht benötigen. Danach brechen sie wieder auf zu neuen Abenteuern. Den Planeten ihrer ersten großen Bewährungsprobe werden sie aber stets in Erinnerung behalten als den Planeten der **Einhornhamster**.

7 Zweikampf

So aufgescheucht haben Quentin und Cybi das Hauptarchiv noch nie erlebt. Dauernd kommen neue Nachrichten herein. Genaue Anweisungen, wie bestimmte Messungen durchzuführen sind, welche Filter sie benutzen sollen, Phasenverschiebungen, Dopplungen und noch Einiges mehr.
Dabei hat alles ganz normal begonnen. Fremdartenalarm, Aufzeichung der Messergebnisse und Absendung an das Hauptarchiv. Danach die übliche Pause, denn es erfordert schließlich Zeit die Ähnlichkeitstests zu machen. Und jetzt diese Hektik. Auch noch ohne Angabe von Gründen.

Calabinio, so der Name dieses Planeten, ist umgeben von einem bläulich schimmernden Nebel, der sich wie ein Ring um ihn legt. Je näher man mit dem Schiff an ihn herankommt, kann man die Details erkennen. Da gibt es den langgestreckten Kontinent, der sich beinahe von Pol zu Pol zieht. Oder die fast kreisrunde riesige Insel auf der Rückseite direkt am Äquator. Dazwischen dann noch eine Handvoll kleinerer Inseln. Es gibt eine erstaunliche Flora, also eine beeindruckende Pflanzenwelt. Überwiegend sieht es ziemlich nach einem Dschungel aus. Berge dagegen gibt es kaum und sie sind auch nicht sehr hoch. Die Bäume sind entsprechend riesig und von dichtem grün-blauen Bewuchs. Die Inseln säumen traumhafte Strände aus hellblauem, feinstem Sand. Wenn die Crew jetzt nicht arbeiten müsste, würden diese Strände doch glatt zu einem gemütlichen Mittag in der Sonne einladen…. Aber das geht natürlich nicht.
Sie haben die Messungen nun bereits sieben Mal durchgeführt, immer brav nach den augenblicklichen Vorgaben.

Mittlerweile ist ihnen der Planet schon total vertraut und sie erkennen ihre aktuelle Position bereits beim Blick aus dem Fenster. Doch sieben Mal reicht augenscheinlich noch nicht. Diesmal sollen sie die Messung aus einer ganz bestimmten Höhe durchführen. Also schwenkt Xixsel in die entsprechende Umlaufbahn ein, sie fliegen eine Runde und schicken das gemessene Signal an die Laborfreaks. Danach entsteht die doppelte Wartezeit und tatsächlich ein Ergebnis – aber was für eins.

Bei der unbekannten Spezies handelt es sich entweder um eine Art Gorilla oder aber um ein Tier vom Typ Pferd. Es ist ihnen sehr peinlich, dass es nicht eindeutig ist, so etwas haben sie noch nie erlebt. Keine erkennbare Ähnlichkeit hat es natürlich schon des Öfteren gegeben, eine doppelte jedoch noch nie.

Cybi antwortet kurz und bündig: »Wir werden landen und den Pferilla suchen.«

Quentin kugelt sich vor Lachen und das neue Tier hat seinen Namen, noch bevor es einmal gesichtet wurde.

Danach erst einmal die übliche Routine, wie Vorkommen des Pferillas kartieren und Landeplatz aussuchen. Einen Tag später ist es soweit, sie haben den günstigsten Landeplatz ausfindig gemacht. Er liegt fast in der Mitte der riesigen Insel und dort gibt es im Umkreis von sechs Pagoll dreiundfünfzig Pferillas. Direkt nach der Landung marschieren sie los, immer dem Strahlenmessgerät hinterher.

Bald kommt der spannende Moment, denn wenn das Gerät nicht lügt, müssten sie gleich mehrere Pferillas sichten. Sie erreichen den Waldrand an einer großen Lichtung und da sind sie. Quentin bleibt vor Staunen der Mund offen stehen. Es sind im wahrsten Sinne des Wortes Pferillas, halb Pferd, halb Gorilla. Ähnlich wie bei den mythischen Zentauren, die er aus den Vorlesungen über die Erde kennt. Bei diesen war es ein menschlicher Oberkörper, der auf dem Rumpf eines Pferdes saß. Doch hier ist es der Oberkörper eines Gorillas. Total stark und dynamisch sehen sie aus. Und auch ein wenig bedrohlich, wenn man sich die dicken Muskeln anschaut. Auch die Farben sind total ungewöhnlich. Die Tiere haben einen intensiven Türkiston und sind gescheckt mit dunkelroten Flecken. Also in allen Belangen eine absolut ungewöhnliche Erscheinung. Doch die ganze Szene wirkt nicht bedrohlich. Vier große Pferillas stehen etwas abseits und behalten eine wilde Horde von sechs Jungtieren im Auge. Diese sind in ihre wilden Spiele vertieft, galoppieren hin und her, versuchen sich gegenseitig zu überholen, wobei sie sich anrempeln und manchmal auch zu Fall bringen. Es strahlt aber keinerlei Aggressivität aus. Quentin und Cybi schauen wie gebannt auf diese unglaubliche Szene, haben immer noch das Gefühl des Irrealen. Da brüllt einer der großen Pferillas etwas, alle setzen sich in Bewegung, galoppieren über die Wiese davon und verschwinden auf der anderen Seite im Wald.

Den ganzen Abend haben sie nur ein Gesprächsthema: die Pferillas. Sie durchforsten alle Datenbanken, doch eine auch nur annähernd so aussehende Tierart ist nicht zu finden. Das wird am Institut ein großes Hallo geben. Gleichzeitig wird es die Leute dort beruhigen, denn ihre unklare Einordnung bei der Meldung, ist nun einwandfrei erklärt. Deshalb schicken sie bereits einen kurzen Vorabbericht mit einigen Fotos, damit die dort wieder ruhig schlafen können.

Am nächsten Tag brechen sie sofort auf, als sie in der Nähe des Schiffes die Pferillas orten. Es ist erneut diese Lichtung, das scheint ihr üblicher Treffpunkt zu sein. Macht ja auch Sinn, wenn man mal so richtig galoppieren will. Es sieht so aus, als seien es dieselben Tiere wie gestern, vier Erwachsene und sechs Kleine. Eine Sache ist heute allerdings anders, denn die Pferillas sind nicht allein. Eine ganze Gruppe anderer Affen, so eine Art Schimpansen tummelt sich mit auf der Wiese. Sie spielen mit den jungen Pferillas. Immer wieder packt einer von denen einen Schimpansen mit seinen kräftigen Armen, setzt ihn sich auf den Rücken und die Sause geht los. Im wilden Galopp rasen sie über die Lichtung, der Schimpanse klammert sich mit beiden Armen am Hals fest und sie kreischen vor Begeisterung. Quentin kommt aus dem Lachen gar nicht mehr heraus. Irgendwann ertönt dann aber wieder das Aufbruchssignal und ganz flugs sind alle im Wald verschwunden, auch die Schimpansen.

Bei der abendlichen Besprechung arbeiten sie als offenen Punkt heraus, dass der nächtliche Aufenthaltsort der Pferillas noch völlig unbekannt ist. Sie beschließen also am nächsten Tag schon vor der Morgendämmerung zu starten, damit sie sehen können, wo die Tiere her kommen. Außerdem werden sie eine Drohne starten, die den abendlichen Heimweg verfolgt. Das hört sich nach einem sehr langen Tag an, deshalb zieht sich Quentin schon bald in seine Kabine zum Schlafen zurück.

Der nächste Morgen ist dann tatsächlich sehr früh und Quentin hat noch Probleme die Augen offen zu halten. Nach einem kurzen Fußweg erreichen sie die Lichtung und wollen sich eine Stelle heraussuchen, von der aus sie den Anmarsch der Pferillas gut beobachten können. Überraschenderweise ist die Lichtung jedoch nicht leer. Im fahlen Licht der Morgendämmerung können sie erkennen, dass einer der großen Pferillas ungefähr in der Mitte unruhig auf und ab trabt. Es hat den Anschein, als warte er auf etwas. Und tatsächlich, nach wenigen Minuten erscheint ein weiterer ausgewachsener Pferilla am gegenüberliegenden Waldrand. Cybi filmt alles, damit sie auswerten können, ob das einer der anderen drei Erwachsenen ist oder ein Fremder. Jetzt setzt er sich in Bewegung und hält ungefähr zehn Goll vor dem Anderen an. Der stößt einen kräftigen Brüller aus, der sofort vom Neuankömmling erwidert wird. Das schaukelt sich immer weiter hoch, denn der Lärm wird von Mal zu Mal heftiger. Die Lautstärke erreicht ein Maß, bei dem sich Quentin am liebsten die Ohren zugehalten hätte. Er hält das nur aus, weil er um keinen Preis eine einzige Sekunde des Spektakels verpassen will.

Dann ist plötzlich absolute Ruhe. Beide drehen sich um, traben einige Schritte auseinander und verharren dort. Wie auf ein Kommando wenden sie, rasen aufeinander zu, krachen mit den Oberkörpern zusammen und ein heftiger Ringkampf beginnt. Jeder versucht den anderen auf seine Seite zu ziehen, vermutlich um ihn zu Fall zu bringen. So geht das hin und her, doch Keinem will es gelingen. Schlagartig lassen sie dann voneinander ab und traben einmal mehr auseinander. Aber nur, um von Neuem abrupt zu wenden und die nächste Ringkampfrunde einzuläuten.

Cybi und Quentin sind so fasziniert, dass sie überhaupt nicht bemerken, wie sie Schritt für Schritt auf die Lichtung hinausgehen, um auch ja alles genau sehen zu können. Da endet der Ringkampf wieder jäh, doch dieses Mal bleiben die beiden Kämpfer beieinander stehen, scheinen miteinander zu kommunizieren. Nun dreht sich der Fremde um und galoppiert zum Rand der Lichtung.

Die beiden Forscher sind verwirrt, denn es hat doch bisher keinen erkennbaren Sieger gegeben. Der Zurückgebliebene steht starr wie eine Statue und blickt seinem Gegner hinterher. Das bleibt einige Minuten so, doch dann wendet er plötzlich und galoppiert auf die zwei Beobachter zu. Die drehen sich um, wollen hinter den Bäumen verschwinden und bemerken erst jetzt erschrocken, dass sie viele Goll vom Waldrand entfernt sind. Außerdem ist der Rückweg versperrt, denn der fremde Pferilla hat sich klammheimlich in ihren Rücken geschlichen. Das ist ein Notfall, ein Gefahrenfall und Cybi greift schnell nach seinem Lähmstrahler. Doch er schafft es nicht, denn vorher wird er so von hinten gepackt, dass ihm die Waffe aus der Hand fällt. Mit einem kräftigen Ruck hebt ihn der Pferilla hoch, setzt ihn auf seinen Rücken und galoppiert davon. Während Quentin noch fieberhaft überlegt, was jetzt am besten zu tun ist, wird auch er gepackt, hochgehoben und landet auf dem Rücken des anderen Pferillas. Die wilde Jagd geht auch für ihn los. Krampfhaft klammert er sich am Hals fest, versucht verzweifelt nicht abzustürzen. Bei dem augenblicklichen Tempo, könnte das brenzlig werden. Zwischendurch begegnen sie auch Cybi, der ebenfalls ausschließlich damit beschäftigt ist nicht herunterzufallen. So geht es einige Male hin und her, bis ihre Reittiere plötzlich voreinander anhalten. Sie tun das allerdings nur, um blitzschnell die Reiter zu wechseln. Quentin und Cybi werden schnell vom Rücken geholt, kurz abgestellt und dann vom jeweils anderen Pferilla wieder hochgenommen. Und schon geht die wilde Jagd weiter. Während der gesamten Zeit denkt Quentin angestrengt nach, wie er aus dieser Situation herauskommen könnte, doch es will ihm keine Lösung einfallen. Das liegt auch daran, dass ihm mittlerweile schon ganz schlecht ist von dem Geschaukel und ihm außerdem Arme und Beine vom Festklammern wehtun.

Da ertönt vom entfernteren Waldrand ein lautes Gebrüll. Sofort treffen sich die beiden Pferillas, bleiben stehen und schauen in Richtung des Gebrülls, doch dort ist nichts zu erkennen. Erneutes Gebrüll ertönt, nur noch etwas lauter als zuvor. Jetzt setzen die Beiden schnell ihre Reiter ab und galoppieren zum Waldrand, wollen offensichtlich herausfinden, wer da brüllt.
Auf den Kopfhörern der beiden durchgeschüttelten Reiter meldet sich Xixsel: »Na, wie habe ich das gemacht? Bin ich nicht der perfekte Pferilla-Brüller? Bleibt, wo ihr seid, ich hole euch ab!« Und schon steigt am Waldrand das Schiff empor, fliegt im Eiltempo zu ihnen herüber und der Traktorstrahl erledigt den Rest. Dann sammelt er auch noch einige Ausrüstungsgegenstände auf, die bei der Hatz zu Boden gefallen sind und fliegt zurück zum Landeplatz. Die beiden Pferillas stehen wie erstarrt, verfolgen staunend das

Geschehen. So ein Raumschiff haben sie sicherlich noch nie gesehen.

Quentin und Cybi sind mächtig erleichtert. Das war schon ein heftiges Erlebnis. Sie hatten nicht das Gefühl, dass die beiden Pferillas ihnen etwas zuleide tun wollten, es erweckte eher den Eindruck eines Denkzettels für das neugierige Publikum. Noch einmal brauchen sie das aber nicht. Deshalb überlassen sie alle weiteren Erkundungen der Drohne, während sie ihre Prellungen und blauen Flecken ausheilen lassen.

Sie finden so heraus, dass die ganze Pferilla-Familie die Nächte auf einer kleinen Lichtung im Schutz einiger Felsen verbringt. Sie protokollieren auch den genauen Speiseplan der Tiere. Danach spüren sie noch weitere Gruppen auf, um ihre bisherigen Ergebnisse zu überprüfen und dann ist Schluss. Zufrieden starten sie wieder, sind sich sicher, dass ihr Bericht das Institut eine Weile beschäftigen wird. Und das Verzeichnis der galaktischen Tierarten kann erweitert werden um die Pferillas.

8 Kletterkünstler

Quentin, Cybi und Xixsel stecken tief in den Fängen des Bürokratismus. Den Vorabbericht zu den Pferillas haben sie bereits abgeschickt, doch es fehlt noch die ausführliche Version. Die Fragebögen dazu sind endlos lang, denn das Institut interessiert sich natürlich für jedes Detail.

Der Lebensraum muss genau beschrieben werden. Ist der von den Randbedingungen klar begrenzt oder sind die Tiere flexibel und können in verschiedenen Umweltbedingungen zurechtkommen?
Dann sind die sozialen Aspekte zu klären. Handelt es sich um Einzelgänger, leben sie im Familienverband oder schließen sie sich gar zu Herden zusammen?
Verbunden damit ist natürlich auch die Fortpflanzung. Wer darf, wann darf er und wie läuft das ab?
Wie ist das Verhalten bei Todesfällen? Bleiben die Verstorbenen einfach liegen oder gibt es ein Abschiedsritual?
Auch die Speisekarte ist möglichst genau zu erläutern. Sind es Vegetarier, Fleischfresser oder Allesfresser? Ernähren sie sich von einer klar umgrenzten Speisekarte oder geht alles, was verdaulich ist? Was sind etwaige Vorlieben? Bekommen die Jungtiere das Identische wie die Großen?
Hygienestandards und Krankheiten sind ebenso ein Thema. Besonders verbreitete Einschränkungen und Leiden müssen dokumentiert werden. Ohne all diese Fakten, sind Forschungsberichte nicht vollständig.

Unseren Forschern raucht der Kopf. Vieles können sie natürlich nicht sofort beantworten, immer wieder ziehen sie die aufgezeichneten Videos zu Rate. Doch auch dann bleiben natürlich allerlei Punkte offen, denn in der Kürze der Zeit kann man oft nicht alles herausfinden. Einiges ist ja auch eventuell abhängig von Jahreszeiten. Das ist aber okay und manchmal werden vom Institut noch weitere Expeditionen zum selben Planeten geschickt, um die fehlenden Fakten zu beschaffen.

So hat halt auch die tollste Arbeit ihre Schattenseiten und im Augenblick befinden sie sich im tiefsten Schatten. Da kommt der Empfang einer unbekannten Bioresonanzstrahlung wie gerufen, haben sie jetzt doch einen Vorwand erst einmal alles abzubrechen und sich auf die neue Aufgabe zu konzentrieren.

Die Meldung ans Institut wird sofort herausgegeben und diesmal lässt die Antwort mal nicht lange auf sich warten. Noch während sie den Oberflächenscan mit Kartierung der Lebensräume durchführen, kommt das Ergebnis des Ähnlichkeitstests: Das unbekannte Tier ist eine Art Tausendfüßler. Das ist keine gute Nachricht, denn solche Tiere neigen dazu recht klein zu sein und hauptsächlich im Verborgenen zu leben.

Der Planet Anastil selbst wird beherrscht von einem gewaltigen Kontinent, der ungefähr ein Viertel der Oberfläche bedeckt. Er ist nicht rund, sondern hat an allen Seiten Ausbuchtungen, die weit ins Meer hineinragen. Bei vielen dieser »Kontinent-Beulen« sind kleinere Kontinente vorgelagert, vor denen wiederum Inseln liegen. Es fällt schwer die Grenze zwischen »noch Kontinent« und »schon Insel« festzulegen. Alle zusammen bilden ein wunderschönes Muster, denn von hier oben sieht das Gebilde aus, wie eine riesige grüne Blüte im blauen Meer.

Der Abschluss der Kartierung bringt dann zum Glück eine gute Nachricht, denn die Tausendfüßler leben ausschließlich an den Ufern eines großen Sees fast genau in der Mitte des großen Zentralkontinents. Das sollte die Suche wieder etwas erleichtern. Also wählen sie einen Landeplatz in der Nähe des Sees. Direkt am Ufer wäre ihnen lieber gewesen, leben dort doch die Gesuchten. Gestrüpp und Unterholz reichen jedoch bis ans Wasser und ermöglichen keinen sicheren Landeplatz.

Direkt nach der Landung macht Quentin wie üblich einen ersten Erkundungsgang, aus der Ferne überwacht von Xixsel. Die Strahlung kommt ganz eindeutig aus dem Ufergestrüpp, die Tausendfüßler scheinen Feuchtigkeit zu lieben. Als er sich dem Gestrüpp bis auf ungefähr zehn Goll genähert hatte, meldet sich Cybi auf dem Kopfhörer: »Achtung Quentin, links von dir!« Schnell schaut er dorthin und sieht einen riesigen Krokodilskopf, der aus einem Gebüsch ragt und ihn interessiert beobachtet. Vor seinem geistigen Auge kann er sehen, wie das Krokodil sich in Vorfreude schon die Lippen leckt. Sofort stoppt er ab, hält Abstand und versucht sein Glück weiter rechts. Erneute Durchsage von Cybi: »Vorsicht Quentin, halbrechts!« Eine kurze Drehung des Kopfes und er schaut wieder in Krokodilsaugen in einem Kopf, halb im Unterholz verborgen. Nach drei weiteren Begegnungen ist ein Muster zu erkennen. Solange er einen Abstand von zwanzig Goll und mehr hält, interessiert sich niemand für ihn. Im Bereich bis zehn Goll wird er taxiert, wahrscheinlich abgeschätzt, ob ein kurzer schneller

Sprint erfolgversprechend ist. Und näher als zehn Goll hat er sich noch nicht herangetraut. Zwar hält er den Lähmstrahler bereits schussbereit in der Hand, doch es könnten ja mehrere Krokodile gleichzeitig angreifen. Nun bricht er den ersten Ausflug ab und kehrt zum Schiff zurück. Diese Situation muss überdacht werden, eine tragfähige, ungefährliche Lösung muss her.

So sitzen sie am Nachmittag zusammen und grübeln. Der Einsatz einer Drohne ist nicht erfolgversprechend, die Zielobjekte sind zu klein. Feste Kameras kommen auch nicht in Frage, denn die müssten ja erst einmal installiert werden und das mitten unter den Krokos. Man könnte ein ausreichend großes Stück Ufer einzäunen. Dazu müssten sie die gefährlichen Tiere jedoch zuerst wirkungsvoll vertreiben, aber wie? Xixsel hat dazu eine Idee. Viele Tiere sind empfindlich bei Tönen in einem bestimmten Frequenzbereich, das wäre einen Versuch wert. Darauf einigen sie sich, doch für heute ist es zu spät. Gleich morgen früh werden sie einen Schallversuch unternehmen.

Früh am nächsten Morgen starten sie. Cybi kommt heute mit, um Quentin Rückendeckung zu geben. Kaum nähert der sich dem Ufergestrüpp, schaut auch bereits das erste Krokodil heraus. Mit dem Schallstrahler wird es anvisiert und dann mit den Frequenzen gespielt. Zuerst passiert nichts, doch im Bereich der extrem hohen, für ihre Ohren unhörbaren Frequenzen, hat er Erfolg. Blitzartig zuckt der Kopf zurück und taucht auch nicht mehr auf. Das sieht gut aus. Sie laufen etliche Goll am Ufer entlang und wiederholen das Experiment. Zuerst die Annäherung ans Gebüsch, dann erscheint ein Krokodilskopf, der wird auf der heißen Frequenz angestrahlt und verschwindet. Das wiederholen sie noch zwei Mal mit perfektem Erfolg. Die beiden Forscher jubeln, sie haben den ultimaten Krokodilsschreck gefunden. Gut gelaunt kehren sie zum Schiff zurück, um nun detailliert zu planen.

Sie arbeiten eine genaue Vorgehensweise aus. Zuerst wird rechts und links vom Zielgebiet eine Schneise für den Zaun geschlagen. Dann vertreibt einer mit dem Schallstrahler die Krokos, während der andere den Zaun baut. Der Zaun muss natürlich auch am Wasser entlang stehen, denn von dort könnten sie auch kommen. Außerdem muss er die magischen Zwanzig Goll nach hinten reichen, um Sicherheit zu bieten. Am allerbesten wäre auch noch ein Zaun hinten mit einer Tür. Das summiert sich zu einer Gesamtlänge von zirka hundert Goll.

In diesem Stadium der Planung legt Xixsel Einspruch ein. Für so viel Zaun haben sie nicht ausreichend Material an Bord, nicht einmal für die Hälfte. Wenn sie das aber mit dem Material des Planeten, zum Beispiel mit Holz, realisieren wollen, sind sie mehrere Wochen beschäftigt. Mit einem unhörbaren Puff ist ihre Phantasieblase geplatzt.
Doch Xixsel hat auch eine gute Neuigkeit. Sie roden dreißig Goll am Ufer und stecken dann im Abstand von ungefähr fünf Goll Schallstrahler mit der magischen Frequenz in den Boden, dann benötigen sie keinen Zaun, sondern nur zehn bis fünfzehn Strahler. Für die ist genug Material an Bord. Cybi und Quentin sind begeistert, denn das ist die Lösung.

Am nächsten Tag ist Basteltag. Genau nach Vorgabe von Xixsel bauen sie die benötigten Sender. Das ist nicht übermäßig kompliziert, beschäftigt sie aber doch den ganzen Tag. Schließlich müssen die funktionieren, ihre Sicherheit hängt davon ab. Als endlich alle dreizehn Strahler gebaut sind und den Funktionstest erfolgreich bestanden haben, können sie den kommenden Morgen kaum erwarten.

Kaum hat es gedämmert, starten sie auch bereits. Quentin läuft links und Cybi im Abstand von dreißig Goll rechts. Jeder trägt einen Packen Strahler bei sich, die zur Sicherheit auch bereits eingeschaltet sind. Bei fünfzehn Goll Abstand stecken sie den ersten Strahler, dann bei zehn und fünf. Hier laufen sie einige Male auf und ab, um eventuelle Krokos im Unterholz zu vertreiben. Nun kommt ein schwerer Schneidestrahler zum Einsatz, der in ungefähr dreißig Gigoll Höhe das Gebüsch abschneidet. Die drei Bäume, die in dem Bereich wachsen, lassen sie natürlich stehen und schon können sie das Ufer sehen. Dann werden die weiteren Schallstrahler gesteckt und ihr sicheres Forschungsareal wartet auf seine Forscher. Während der gesamten Zeit haben sie kein einziges Krokodil zu Gesicht bekommen, es funktioniert also. Begeistert klatschen sie sich ab und loben Xixsel überschwänglich für die tolle Idee.

Trotzdem beginnen sie am darauffolgenden Tag vorsichtig. Cybi sichert ab, während Quentin erst einmal das ganze abgeschnittene Grünzeug in den See wirft, damit sie den Boden auch gut sehen können. Nach einer Stunde wechseln die Beiden und Quentin sichert ab, derweil Cybi aufräumt. Noch einmal eine knappe Stunde und alles sieht tiptop aus.

Und keine Krokodile während der gesamten Dauer. Also geben sie die Absicherung auf und fangen gemeinsam an die Tausendfüßler zu suchen. Es wartet jedoch eine herbe Enttäuschung. Wo gestern noch reichliche und deutliche Strahlung zu messen war, regt sich heute absolut nichts. War die ganze Arbeit umsonst? Haben sie vielleicht mit ihrer Abschneiderei die Tausendfüßler in die Flucht getrieben? Vertragen die eventuell auch die Schallfrequenz nicht? Fragen über Fragen, aber keine Antworten. Die Stimmung sinkt unterhalb des Nullpunkts.

Gerade, als Xixsel sie zu trösten versucht, nimmt Quentin aus den Augenwinkeln eine Bewegung wahr. Ein schneller Blick und dann ein lauter Ruf: »Achtung Cybi, Krokodil!«. Für den Strahler ist es zu spät und deshalb rennt er los. Nach wenigen Goll erreicht er den nächsten Baum und klettert hinauf. Was für ein Glück, dass er mit den Krallen an seinen Händen so gut klettern kann. Auch Cybi hat sich auf den Nachbarbaum gerettet und ist in Sicherheit. Das Krokodil aber versucht an Quentins Baum emporzuklettern und schnappt dabei nach seinen Füßen, die glücklicherweise viel zu weit weg sind.

Das Krokodil? Erst jetzt erkennt er, dass es gar kein Krokodil ist. Der Kopf sieht aus wie Krokodil, der Körper sieht aus wie Krokodil, doch darunter stehen fünf Beinpaare, die an der Rinde kratzen, um endlich Quentins Füße schnappen zu können. Eine schnelle Messung mit dem Bioresonazempfänger und es ist klar: Dies ist ihr gesuchter Tausendfüßler. Nun ja, tausend Füße sind es nicht, aber immerhin mehr als es normal ist für ein Krokodil. Auch Cybi hat unterdessen realisiert, dass sie die ganze Zeit das gesuchte Tier vertrieben haben. Eine Frage hat er allerdings: Warum wird dieses Exemplar nicht von ihrer Schutzfrequenz vertrieben? Weil man aber auf einem Ast sitzend nicht so gut nachdenken kann, verpasst er dem Tier eine Dosis mit seinem Lähmstrahler. Doch das schüttelt sich nur und versucht weiter Quentins Füße zu erreichen. Erst nach einer zusätzlichen Dosis rutscht es langsam am Baumstamm herunter und bleibt reglos liegen. Endlich können sie ihren luftigen Hochsitz wieder verlassen. Sofort übernimmt Cybi erneut die Absicherung, denn sie haben ja erlebt, dass der Schutz der Schallstrahler trügerisch ist. Quentin schaut sich diese Mischung aus Krokodil und Tausendfüßler jetzt genauer an. Das ist schon ein imposantes Tier. Mit seiner Kamera filmt er es von allen Seiten, richtig nahe heran traut er sich aber nicht, denn man weiß ja nie. Mehr können sie im Moment nicht tun. Deshalb sammelt er unter dem Schutz von Cybis Lähmstrahler alle Schallsender wieder ein und sie gehen zurück zum Schiff.

Bei einer abendlichen Konferenz mit Xixsel kommen sie zu dem Schluss, dass sie diese Tiere mit ihren Mitteln nicht genauer erforschen können. Dazu braucht es ein größeres Team mit entsprechender Ausrüstung. Also starten sie noch in derselben Nacht und überlassen es einem zukünftigen Team ihn zu erforschen den Krokofüssler.

9 Sum – Sum – Sum

An Bord von Xixsel hat das bisher fröhliche Miteinander ein jähes Ende gefunden. Zwischen Quentin und Cybi dem Cyborg herrscht Funkstille. Schuld daran ist Xixsel das Schiff, das geplaudert hat, geplaudert hat darüber, dass sich der Cyborg von ihm bei den Logikspielen helfen lässt. Cybi hält das für OK, denn eigentlich seien Schiff und Cyborg ja eine Einheit. Quentin hält es selbstverständlich für Schummelei. Das Schiff tendiert zwar auch zu Quentins Meinung, deshalb hat es ja gepetzt, hält sich aber zurück und meint, sie sollen das untereinander klären. Das Problem dabei ist, das die gemeinsamen Spiele durch den Zoff erst einmal wegfallen und das macht die Zeit an Bord ziemlich öde.

Quentin liest wieder in den Berichten von anderen Expeditionen und ist dabei auf ein hochinteressantes Exemplar gestoßen. Es schildert den Besuch von Raumfahrern eines fremden Planeten in seiner Heimat. Die Tatsache als solche ist Quentin seit der Ausbildung bekannt. Einige Fakten wurden auch im Unterricht behandelt. Hier kann er nun aber alles in Ruhe und vollem Umfang darüber nachlesen. Sogenannte Menschen vom Planeten Erde haben vor vielen Jahren zufällig Quentins eigenen Planeten entdeckt und sind dort gelandet. Ein reger Austausch hat stattgefunden und die Menschen ließen große Datenbanken über ihre Erde zurück. Das Institut für galaktische Lebensformen hat daraus alle Informationen von Interesse herausgezogen und in seine Datenbanken übernommen. Am besten gefallen Quentin die mythischen Tiere, die diese Menschen sich ausgedacht haben und die oft magische Kräfte besitzen. Die meisten davon gibt es auf anderen Planeten tatsächlich, allerdings ohne magische Kräfte. Sogar eine Art Zentauren hat er ja inzwischen bereits selbst gesehen. Halb Mensch, halb Pferd, die sehen schon imposant aus. Quentin stellt sich vor, wie sein Oberkörper vorne auf einem Pferd montiert ist und er über große Wiesen galoppiert – eine interessante Vorstellung. Auf jeden Fall besser, als seine Reiterfahrung auf dem Rücken der Pferillas.

Am dritten Tag hat das Schiff die Nase voll und stellt ein Ultimatum. Es wird in Zukunft garantiert keiner Spielepartei mehr helfen, erwartet aber, dass endlich wieder Normalität an Bord einkehrt. Sollte das nicht der Fall sein, wird es die Expedition abbrechen, denn mit einer zerstrittenen Mannschaft kann man nicht forschen. Die zwei Streithähne sollen sich symbolisch die Hand reichen und dann ein Spiel ihrer Wahl spielen. Cybi und Quentin stimmen zu, scheinen fast schon erleichtert, dass sie jetzt einen Vorwand haben, wieder zur Tagesordnung zurückzukehren. Sie spielen eine Partie Reversi, bei der jeder verzweifelt versucht zu verlieren. Am Ende gelingt das aber natürlich nur einem, nämlich Cybi.

Genau passend zum wiederhergestellten Frieden, kommt es zum Fremdartenalarm. Schon läuft an Bord wieder alles seinen gewohnten Gang. Und das sieht auch nach einer einfachen Sache aus, denn der Oberflächenscan des Planeten Drutox zeigt, dass die fremde Art in größerer Zahl auf allen Kontinenten vertreten ist, die aufgereiht wie auf einer Perlenkette die Nordhalbkugel umschließen. Und diese

Perlen leuchten in allen Grüntönen, die von einer üppigen und vielfältigen Pflanzenwelt zeugen. Wenn die Flora so eine Artenvielfalt hat, dann kann man erfahrungsgemäß auch bei der Fauna viel erwarten. Hoffentlich finden sie dann in dem mutmaßlichen Gewimmel auch ihre gesuchte Art ohne allzu große Probleme. Die Südhalbkugel dagegen ist total vom Meer bedeckt, wenn man mal von einigen kleineren Inselgruppen absieht.

Erfreulicherweise sind sie also ziemlich frei bei der Wahl ihres Landeplatzes und entscheiden sich mal wieder für eine Lichtung in Strandnähe, denn das verschönert den Feierabend.

Als sie einen ersten Rundgang machen, staunen sie nicht schlecht, denn hier gibt es ihnen bekannte Blumenarten, allerdings in der XXL-Ausführung. Alle Pflanzen sind drei- bis viermal so groß, wie die Version bei ihnen zuhause. Xixsel fragt sich, wie die das wohl mit der Bestäubung hinbekommen. Gibt es hier dazu passend auch riesige Bienen? Oder hat sich die Natur mal wieder etwas ganz anderes ausgedacht?

Als sie weitergehen und an eine andere Blumenlichtung kommen, sehen sie es. An den Pflanzen hängen riesige Bienen, bestimmt mehr als 7 Gigoll groß. Passend zu ihrer Größe, hört man sie auch laut und vernehmlich summen, selbst auf diese Entfernung. So ist das schon mal geklärt. Die Strahlung der unbekannten Art ist auch überall gegenwärtig, aber bei den vielen Tieren, die sich hier tummeln, müssen sie erst das Ergebnis der Ähnlichkeitstests abwarten. Also spazieren sie weiter zum Strand, um sich auch dort schon mal einen Überblick zu verschaffen. Der Strand ist allerdings eine Enttäuschung, denn die Vegetation reicht bis ans Wasser und man kann sich nicht wirklich dort aufhalten, schon gar nicht gemütlich im Sand chillen. Das reicht ihnen dann erst einmal und sie kehren zum Schiff zurück. Nach einem gründlichen Studium der Aufnahmen, finden sie tatsächlich einen schönen breiten Strand und verlegen den Landeplatz dort in die Nähe. Bereits am Abend genießen sie den Sonnenuntergang, während sie gemütlich im weichen, weißen Sand sitzen.

Der nächste Morgen beginnt mit der Ergebnismeldung aus dem Hauptarchiv. Sie haben es mit einer Art Maus zu tun. So ein Mist, wenn die sich bevorzugt in unterirdischen Gängen aufhalten, wird das eine schwierige Suche. Leider kann man sich das ja nicht aussuchen, also machen sie sich auf den Weg, immer in die Richtung in der ihnen der Bioresonanzempfänger die intensivste Strahlung anzeigt. Nach einem kurzen, jedoch schwierigen Weg durch dichtes Unterholz, landen sie wieder auf einer großen Wiese mit diesen riesigen Blumen. Und auch die dicken, fetten Bienen sind bereits wieder eifrig am Summen. Weil aus dieser Richtung auch kräftige Strahlung der Mäuse kommt, nehmen sie die Bienen etwas genauer unter die Lupe. Und tatsächlich, das sind überhaupt keine Bienen, das sind gelb-braun gestreifte Mäuse mit sechs Beinen, auch wenn sie so laut summen. Auf dem Boden kann man sie selten sichten, denn sie klettern immer blitzschnell an einer Blume hoch, wobei ihnen lange Krallen an den sechs Füßen behilflich sind. Oben angekommen flutscht eine lange Zunge aus ihrer Nase und sucht in den Blüten nach Nektar. Ist die Suche von Erfolg gekrönt, wird die Zunge genüsslich in dem kleinen Mündchen abgestreift. Die dicken Bäckchen deuten darauf hin, dass der Nektar nicht sofort verschluckt, sondern in den Backentaschen gebunkert wird. Das sind absolut putzige Tierchen, Quentin würd am liebsten eins auf die Hand nehmen und streicheln. Als Xixsel und er näher heran kommen, verursacht das eine kurze Pause in dem lebhaften Treiben. Sie werden mit ein paar prüfenden Blicken bedacht, augenscheinlich als ungefährlich eingestuft und schon geht die Schleckerei weiter.

So können sie in aller Ruhe weitere Details beobachten. Von Zeit zu Zeit verschwinden die Mäuse mit den dicksten Backen von der Wiese, tauchen im Wald unter und kommen kurz darauf mit dünnen Backen zurück. Nur, um sie möglichst schnell wieder zu füllen. Es sieht also so aus, als ob sie den Nektar irgendwo lagern. Das werden sie noch genauer unter die Lupe nehmen müssen. Das ganze Treiben ist so interessant, dass sie nicht bemerkt haben, wie die Zeit verstreicht. Quentin hat nur immer zwischendurch den einen oder anderen Energieriegel geschmaust. Plötzlich, wie auf ein Signal hin, verschwinden alle Mäuse im Wald und wenige Augenblicke später bricht die Dämmerung herein. Zufrieden kehren Quentin und Cybi zum Schiff zurück. Sie haben die unbekannte Tierart schnell identifiziert und die süßen Tierchen machen auch noch richtig Spaß. Da freuen sie sich bereits auf den kommenden Tag und weitere Einsichten in das Leben der Bienenmäuse, wie sie die possierlichen Tierchen getauft haben.

Kaum sind sie im Schiff angekommen, überrascht Xixsel sie mit einer Nachricht. Eine weitere unbekannte Art ist mit ihrer Strahlung aufgetaucht und die wurde bereits analysiert. Es sind Vögel, wahrscheinlich eine Art Raben. Es ist davon auszugehen, dass sie sich bisher auf der Rückseite des Planeten aufgehalten haben. Doch nun ist eine Gruppe von ihnen auf dem Weg in ihre Richtung und wird eventuell morgen an ihrem Standort vorbeikommen. Sie sollen also den Strahlungsempfänger und die Augen offenhalten. Das klingt interessant, denn zwei unbekannte Arten hatten sie noch nie, doch zuerst sind die Bienenmäuse an der Reihe.

Am nächsten Tag ist es wieder dieselbe Wiese, wie am Vortag. Auch werden sie kaum noch zur Kenntnis genommen, man kennt sie ja. Quentin geht bis auf wenige Schritte heran und setzt sich dann vor einen großen Stein, der ihm als Rückenlehne dient. So kann er ganz gemütlich den Mäusen zuschauen. Doch es dauert gar nicht lange und die Mäuse interessieren sich für ihn. Erst kommt eine, schnüffelt einmal um ihn herum und beginnt dann mit dem Aufstieg. Auf seinem Bauch angekommen, interessiert sie sich sehr für seine Manteltaschen. Quentin kann sich nicht beherrschen und krault sie ganz vorsichtig im Genick. Sofort bleibt sie ganz still stehen und genießt das wohl, wenn er den dunkler werdenden Summton richtig interpretiert. Durch dieses Geräusch werden auch andere Mäuse aufmerksam und bald ist sein Bauch bevölkert von Bienenmäusen, die geduldig warten, bis sie mit Kraulen an der Reihe sind. Die bereits Gekraulten erkunden dann den Quentin-Berg weiter und es kitzelt unheimlich, wenn sie mit ihren langen Zungen seine Ohren auf das Genaueste untersuchen. Das ist einer der glücklichsten Momente seines bisherigen Lebens.

Genau da meldet sich Xixsel mit der Nachricht, dass die Raben im Anflug sind, sie kommen aus Richtung Nord-Nord-Ost und müssten bald zu sehen sein. Schweren Herzens schiebt Quentin ganz vorsichtig die Mäuse von seinem Bauch, steht auf und geht zur gegenüberliegenden Seite der Wiese, von wo aus er einen guten Blick nach Nord-Nord-Ost hat. Kaum angekommen, kann er die Vögel auch bereits sichten. Er zählt acht Exemplare, die jetzt die Lichtung erreichen und darüber zu kreisen beginnen. Sie sind zirka einen Goll lang und ihr Gefieder leuchtet in einem dunklen Metallic-Blau – schöne Tiere, ohne Zweifel. Jetzt lösen sich zwei Raben aus dem Verband, gehen kreisend tiefer und landen dann, einer am Waldrand, der andere direkt neben den Riesenblumen. Das Summen der Mäuse erreicht eine schrille Tonlage, sie huschen von den Blumen herunter und drängen sich unten zwischen den Stängeln, wo diese am dichtesten stehen.

Da wird Quentin schlagartig klar, dass seine geliebten Mäuse Rabenfutter sind. Das ist zwar in der Natur völlig normal, aber nicht heute und nicht, wenn er dabei ist. Laut schreiend rast er los, wild mit den Armen rudernd, in der Hoffnung so den Raben ablenken zu können. Schnell kommt er an und postiert sich zwischen dem Vogel und den Mäusen. Der flüchtet nicht, sondern hüpft nur mal ein paar Schritte zur Seite, um sich danach wieder zu nähern in dem Versuch an Quentin vorbeizukommen. Ganz offensichtlich hat er gar keine Angst.

Durch das Geschrei ist auch Cybi aufmerksam geworden und beobachtet die Szene vom Waldrand aus, nur wenige Schritte hinter dem anderen Raben. Der hebt plötzlich ab, fliegt im Tiefflug zu Quentin und hackt ihm mit dem Schnabel ins Genick. Dessen Hand zuckt im Reflex an den Hals, dann dreht er sich um und verharrt einen Moment so. Langsam sinkt er auf die Knie und fällt dann ganz um. Cybi ist alarmiert und in größter Sorge, da ist ein Unglück passiert. Sofort zieht er seinen Lähmstrahler und holt den Raben aus der Luft, bevor der noch einmal angreifen kann. Der andere ist zu dicht bei Quentin, da muss er näher ran, bevor er sicher zielen kann. Im Eiltempo rast er hinüber und lähmt auch den anderen Vogel. Vom Himmel ertönt nun lautes Krächzen, die anderen Tiere des Verbandes kommen nun ihren Kameraden zu Hilfe. Mit sechs genauen Schüssen werden auch sie außer Gefecht gesetzt.

Jetzt alarmiert er Xixsel, damit der sie hier abholt und Quentin in der Krankenstation an Bord behandelt werden kann. Danach hat er endlich Zeit sich um Quentin zu kümmern. Doch da sind andere schneller gewesen. Eine der Mäuse holt immer wieder mit der Zunge etwas aus den Backentaschen und reibt damit vorsichtig die Wunde in Quentins Genick ein. Eine andere macht dasselbe an Quentins Halsschlagader und eine dritte massiert etwas an seiner Schläfe ein. Sie scheinen genau zu wissen, was sie tun und Cybi hält sich da lieber zurück, denn er hätte gar keine Ahnung welche Maßnahme jetzt angebracht wäre. Zum Glück kommt dann auch Xixsel an und holt Quentin vorsichtig mit dem Traktorstrahl an Bord. Nachdem er ihn in der Krankenstation auf der Liege platziert und alle erforderlichen Maßnahmen für Diagnose und Erstversorgung getroffen hat, ist auch Cybi an der Reihe. Kurz darauf sind sie bereits auf dem Weg nach Hause, denn natürlich sind die Behandlungsmöglichkeiten an Bord begrenzt.

Es dauert einige Zeit, bis Xixsel erste Erkenntnisse zu Quentins Verletzung hat. Die Analysen haben ergeben, dass die Raben mit hoher Wahrscheinlichkeit einen Giftstachel am Schnabel besitzen und Quentin eine kräftige Dosis Gift abbekommen hat. Diese führte zu sofortiger Bewusstlosigkeit. Auch die Rolle der Mäuse ist nun klar. Sie kennen die Raben und haben ein Gegengift entwickelt, das ihnen bei solchen Vergiftungen hilft. Dieses Gegengift hat Quentin vor schwereren Schäden bewahrt und eventuell sogar sein Leben gerettet. Zwar ist er immer noch bewusstlos, doch er fängt an sich zu erholen.

Am nächsten Tag wacht Quentin wieder auf und fühlt sich einigermaßen wohl. Cybi hatte vor Sorge die ganze Nacht an seinem Bett verbracht und ist nun mehr als erleichtert. Einen Streit wie kürzlich soll es nie wieder geben, beschließt er insgeheim.

So richtig kann Quentin sich an die Ereignisse des Vortags nicht mehr erinnern, sodass Cybi ihm die ganze Geschichte noch einmal erzählt. Als er erfährt, was die Mäuse für ihn getan haben, ist er total gerührt. Er wird wieder zurückkommen und sich persönlich bedanken bei der Bienenmaus.

10 Ein dicker Fisch

Endlich sind sie wieder unterwegs. Hinter ihnen liegen zwanzig Tage in der Heimat, die es in sich hatten. Nachdem Quentins Verletzung ihre Rückkehr notwendig gemacht hatte, der aber schnell wieder auf den Beinen war, lief das komplette turnusmäßige Prozedere ab. Zuerst die Quarantäne, für den Fall, dass sie irgendwelche Krankheitserreger aufgeschnappt hatten. Danach die komplette Grundreinigung des Schiffes inklusive der Wartungsarbeiten. Auch der Stabilisator, der ihnen auf dem Hamsterplaneten die Probleme gemacht hat, wurde ausgetauscht. Gefolgt wurde das vom Auftanken und dem Ergänzen der Vorräte.

Parallel dazu lief das Review, also die Präsentation und Bewertung ihrer Ergebnisse. In der großen Runde der Institutsmitarbeiter stellten sie ihre Berichte vor. Nach jedem Bericht folgten die Fragerunde und die Kritik, wenn wichtige Details nicht geklärt worden waren. Für ein Anfängerteam schnitten sie dabei ziemlich gut ab.
Als wichtigster Schwachpunkt wurde ihr Zeitmanagement herausgearbeitet. Die Ähnlichkeitsprüfung der Bioresonzstrahlung war ein sehr zeitaufwändiger Prozess. Eine einfache Prüfung würde mit der Rechenkapazität von Xixsel mindestens ein Jahr dauern. Beim Institut ging das etwas schneller, denn der ganze Hügel, auf dem die Institutsgebäude standen, war unterkellert und randvoll mit Hochleistungsrechnern. Aber es gab ja auch noch die komplizierteren Fälle. Deshalb war es elementar wichtig, die Auswertung so schnell wie möglich zu beginnen. Also nicht so zu verfahren, wie Quentin und Xixsel es gehalten hatten. Erst

selbst einmal schauen, sich über die Entdeckung freuen und dann irgendwann endlich die Messergebnisse ans Archiv schicken. In Zukunft sollte Xixsel das Schiff jede Meldung sofort weiterleiten, denn umso schneller hatten Quentin, Cybi und Xixsel die Ergebnisse und konnten gezielt suchen. Diese Kritik konnten sie annehmen, denn sie leuchtete ein.

Für Quentin blieben letztendlich noch drei Tage, um seine Familie zu besuchen, dann starteten sie wieder und sind im Moment auf dem direkten Weg in ihr zugewiesenes Zielgebiet. Natürlich sind sie bereits sehr gespannt, was diese Reise ihnen für neue Begegnungen bringen wird.

Es dauert fünf Tage bis sie ihr Zielgebiet erreicht haben, fünf lange Tage. Irgendwann kann man auch das tollste Spiel nicht mehr ertragen. Quentin fängt an in der Bibliothek alte Reiseberichte durchzuschauen. Dabei kommt er aus dem Staunen nicht heraus, denn fast jedem Forscher sind irgendwann die tollsten Dinge zugestoßen. Das ging von lustigen über erschreckende bis hin zu richtig gefährlichen Erlebnissen. Cybi und er haben ja auch schon beträchtliche Erfahrungen gesammelt, aber das ist offensichtlich noch steigerungsfähig.

Dann ist es endlich soweit, doch die Warterei geht weiter. Insgeheim haben sie gehofft, schnell fündig zu werden, doch diese Hoffnung schmilzt dahin wie Schnee im Sommer. Quentin erinnert sich an Berichte von Expeditionen, die in ihrem Zielgebiet keine einzige unbekannte Art gefunden haben und unverrichteter Dinge wieder nach Hause geflogen sind. Nach sechs Tagen beginnt er sich innerlich auch schon darauf einzustellen.

Am Morgen des siebten Tages jedoch grinst Cybi ihn ganz breit an. In der Nacht hat es Fremdartenalarm gegeben und das Schiff hat direkt die aufgezeichnete Strahlung ans Archiv weitergeleitet. Dort laufen jetzt bereits seit einigen Stunden die Ähnlichkeitstests. Brav wie sie seit dem Review sind, werden sie erst die Ergebnisse abwarten und dann loslegen. Dabei schauen sie sich ihr neues Forschungsareal schon mal etwas genauer an. Es hat sogar bereits einen Namen, als Arwatolu ist der Planet im Register eingetragen. Auch hier gibt es einen riesigen, weltumspannenden Ozean. Darin eingebettet sind fünf Kontinente von etwa gleicher Größe. Die Verteilung ist allerdings ungleichmäßig, denn vier davon liegen auf der Südhalbkugel und nur einer im Norden. Die Äquatorzone ist völlig frei. »Hier könnte man prima Bootsrennen veranstalten«, meint Cybi dazu. Im Aussehen der Kontinente gibt es ebenfalls gravierende Unterschiede. Der Nördliche leuchtet überwiegend gelb, was auf Wüsten, höchstens Steppen hindeutet. Auch ist er fast komplett eben, ohne irgendwelche höheren Berge oder gar Gebirge. Die vier Südlichen hingegen zeigen alle Vegetationszonen. Da gibt es ausgedehnte Wälder, große Flächen von Buschland, Wiesen und Steppen, allerdings keine totalen Trockengebiete oder Wüsten. Dazwischen immer wieder Gebirgszüge, die zum Teil beachtliche Höhen erreichen, was man an den schneebedeckten Gipfeln erkennen kann.
So ziehen sich die Stunden, ziehen sich und ziehen sich. Endlich dann die Überraschung. Die Ähnlichkeitstests sind negativ verlaufen. Das ist eine Sensation. Seit mehr als hundertfünfzig Jahren ist eine gänzlich unbekannte Art nicht mehr entdeckt worden, es gibt wirklich noch nichts annähernd Vergleichbares. Cybi und Quentin tanzen durch

die Kabine. Sie würden berühmt werden, sehr berühmt. Allerdings müssen sie zuerst diese Art auch finden und dokumentieren. Dabei haben sie keinerlei Hinweis, wie dieses Tier wohl aussehen könnte. Also machen sie sich an die Arbeit.

Zuerst scannen sie die Oberfläche, um die Aufenthaltsgebiete der Art aufzuzeichnen. Das Ergebnis ist niederschmetternd, denn sie können die Art überhaupt nicht mehr finden, keinerlei Strahlung orten. Ist der Alarm vielleicht ein Messfehler gewesen?

Als sie schon fast die Hoffnung aufgegeben haben, gibt es wieder eine Ortung. Verwirrender Weise in einem Gebiet, das sie längst gescannt haben. Im Tiefflug rasen sie dorthin, doch bei ihrer Ankunft ist die Strahlung wieder weg. Was war das denn? Sie sind total verwirrt.

Es ist Quentin, der dann eine vernünftige Idee hat. Unter ihnen ist Meer und wenn die gesuchten Tiere Fische sind, die tief genug tauchen, dann wird ihre Bioresonanzstrahlung vom Wasser zeitweise absorbiert. Das war zumindest eine These mit der man leben konnte.

So hetzen sie in den darauffolgen Tagen jeder Ortung hinterher, in der Hoffnung einmal rechtzeitig an Ort und Stelle zu sein – aber vergebens. Langsam haben sie den Verdacht, dass dieses Tier sie absichtlich an der Nase herumführt. Also ignorieren sie die nächste positive Messung, weil es Abend ist und sie einfach keine Lust mehr haben. Nachdem Quentin am nächsten Morgen aufgestanden ist, machen sie sich auf den Weg, um das nachzuholen. Immerhin hatte das Schiff die Strahlung fast acht Stunden ortsfest registriert.

Eine echte Überraschung ist, dass die Stelle diesmal nicht auf dem Meer liegt, sondern ein kleines Stück landeinwärts. Müssen sie sich von der Fisch-Theorie verabschieden? Ist das eventuell ein Amphibium? Eindeutig ist nur, dass es nicht mehr vor Ort ist und die Sucherei weitergeht. Das unbekannte Wesen hat Spuren seines Aufenthalts hinterlassen und diese Spuren sind nicht gerade klein. Das Gebüsch ist im weiten Umkreis platt gemacht und selbst einige Bäume hat es geknickt. Wenn es also ein Fisch ist, dann aber ein richtig dicker Fisch. Und ein dicker Fisch, dem man wohl besser nicht in die Quere kommt.

Was ihnen auch noch auffällt ist die Tatsache, dass sie noch nie mehr als eine Strahlung zur selben Zeit empfangen haben. Daraus können sie schließen, dass es entweder nur ein einzelnes Wesen ist oder aber es taucht immer nur eins auf und die anderen sind ständig unter Wasser.
Es ist Quentin, der dann die entscheidende Idee hat. Auf einer Karte zieht er Verbindungslinien zwischen den Ortungspunkten, genau in der Reihenfolge ihres Auftretens. Sofort ergibt sich ein Bild. Das unbekannte Tier folgt einer klar erkennbaren Route durch das Meer. Nach einem kurzen Blick auf die Karte deutet Cybi auf eine Stelle, an der sie große Chancen haben werden das nächste Auftauchen zu beobachten.

Bald schweben sie mit dem Schiff über der besagten Position, hoch genug um den Überblick zu behalten, aber so tief wie möglich, um gut sehen zu können. Wenn ihre Rückschlüsse richtig sind, dann müsste der »dicke Fisch« demnächst auftauchen. In diesem Moment meldet das Schiff ein technisches Problem, schon wieder dieser Stabilisator. Wahrscheinlich mit Bordmitteln zu reparieren, aber sie müssen sofort wassern. Und schon schwimmen sie genau an der Stelle, wo der dicke Fisch jetzt gleich auftauchen kann. Wenn der mit ihnen kollidiert … darüber wollen sie lieber nicht nachdenken. Cybi greift sich sofort die Werkzeugtasche und klettert auf die Außenhülle. Das Schiff hat so gewassert, das die schadhafte Stelle oben ist. Nach dessen Anweisungen beginnt er fieberhaft mit der Reparatur, während Quentin das umgebende Wasser im Auge behält. Ein mulmiges Gefühl hat er schon. So vergehen die Minuten und langsam löst sich die Spannung.

Doch dann beginnt es direkt neben ihrem Schiff zu blubbern. Erst nur ein bisschen, dann immer mehr und plötzlich schießt ein großer, länglicher Leib durch die Oberfläche. Die dabei entstehende Welle lässt das Xixsel-Schiff so stark schwanken, dass der Cybi-Cyborg ins Wasser fällt. Schnell taucht er zum Glück wieder auf und klettert zurück an Bord, wo die Werkzeugtasche wegen ihrer Magnetverankerung alles gut überstanden hat. Als Quentin Cybi in Sicherheit weiß, schaut er schnell, ob von dem aufgetauchten Fisch eventuell Gefahr droht. Doch da ist nichts mehr. Was immer es war, es ist sofort wieder untergetaucht. Wahrscheinlich ist es genauso erschrocken, wie sie. Sie warten noch einige Minuten, doch es bleibt ruhig und das geheimnisvolle Tier bleibt verschwunden. Dann beenden sie in aller Eile die Reparatur, man weiß ja nie. Gerade, als sie wieder abheben wollen, gibt es einen dicken Blubb und das mysteriöse Etwas taucht wieder auf. Eins ist sofort klar: das ist gar kein Fisch. Dick ist das Objekt zwar, ohne Zweifel, aber kein Fisch. Das ist ein Unterseeboot und die aufgefangene Bioresonanzstrahlung stammt, das scheint nun sonnenklar, von der Besatzung. So schaukeln sie nur ein paar Goll entfernt von dem dicken Nichtfisch, denn jetzt gilt ihre Neugier ganz klar der Besatzung. Bereits nach wenigen Minuten öffnet sich eine Luke und heraus kommt … ein Mensch!

Quentin erkennt das sofort, denn er hat die Videos des Besuchs von der Erde ausführlich studiert. Allerdings unterscheidet sich dieser Erdenbewohner deutlich von denen in den Filmen. Eine riesige Menge von Haaren bedeckt seinen Kopf, verhüllt das halbe Gesicht und endet erst auf den Schultern. Ein breites Band bändigt die Haarpracht geringfügig und ist beschriftet mit »Peace«, was Xixsel das Schiff sofort mit »Frieden« übersetzt. Ergänzt wird die Mähne durch einen riesigen Vollbart, der bis auf die Brust hängt. Die Augen sind verdeckt von einer pinken Sonnenbrille, aber der Mund grinst breit und freundlich. Seine Kleidung ist sehr einfach und besteht aus einem hellgrünen T-Shirt, Shorts mit einem grellen Palmenmuster und merkwürdigen Schuhen. »Das sind sogenannte »FlipFlops« meldet sich das Schiff, das Quentins Gedanken anscheinend gelesen hat. Als der Mensch zu sprechen beginnt, übersetzt Xixsel sofort simultan: »Hallo Leute, wie kommt ihr denn hierher? Ihr habt mich ganz schön erschreckt, denn ich dachte, ich bin alleine auf diesem Planeten.«
Danach überlegt er kurz und ergänzt: »Ihr müsst von Nasua sein! Ich habe die Berichte über den Besuch dort gesehen und die tolle Expeditionskleidung hat sich bei mir eingeprägt.«

Quentin und Cybi bestätigen das und teilen ihm auch mit, dass sie ihn ebenfalls sofort als Mensch identifiziert haben. Außerdem schlagen sie vor einen gemütlichen Platz am Strand zu suchen und sich dort etwas ausführlicher auszutauschen. Ziggy Robards, so heißt der Mensch, ist sofort einverstanden und sie verabreden sich für den Abend direkt am Strand, der vor ihnen liegt.

In der Zwischenzeit erledigen die Nasuaner erst einmal ihre Pflichten und melden ans Hauptarchiv, dass sie die völlig unbekannte Art inzwischen identifiziert haben und es sich um sogenannte »Menschen« handelt. Diese Bemerkung kann Xixsel sich nicht verkneifen, wo doch Menschen schon lange bekannt sind.

Es dauert anschließend auch einige Zeit, bis eine Antwort eintrifft. Die Antwort zeigt dann, wie peinlich denen das ist. Sie können sich überhaupt nicht erklären, wie das hat passieren können. Die menschliche Bioresonanzstrahlung ist tatsächlich nicht archiviert worden. Ein Vorteil hat die Sache, denn ihr Antrag auf drei freie Tage für den Erfahrungsaustausch mit dem Menschen wird kommentarlos genehmigt.

Bei ihrer Ankunft am Treffpunkt ist Ziggy bereits fleißig gewesen. Drei Klappstühle und ein Klapptisch sind schon aufgestellt. Ein großer Grill raucht leise vor sich hin und aus einer kleinen, unscheinbaren Box ertönt Musik. Bei den Getränken hatten sie Selbstversorgung vereinbart. Aus den Berichten wusste Quentin, dass diese menschlichen Erfrischungsgetränke auf Alkoholbasis für ihn nicht empfehlenswert waren. Alkohol ist auf ihrem Heimatplaneten unbekannt und ihr Stoffwechsel ist deshalb solchen Herausforderungen nicht gewachsen. Ziggy allerdings hat sich schon mal eine Büchse sogenanntes Bier genehmigt.

Nach dem Essen geht es ans Erzählen. Zuerst berichten Cybi und Quentin ihre interessantesten Erlebnisse. Danach ist Ziggy an der Reihe und die beiden Nasuaner sind mächtig gespannt, was ihre geheimnisvolle Tierart zu berichten hat. Ziggy bezeichnet sich selbst als Hippie, was sogar auf der Erde etwas ziemlich exotisches ist. Das hatte in seiner Familie seit Generationen Tradition. Sie führten ihr Leben einfach anders, als die große Mehrheit - wollten frei und nicht eingespannt sein in einen zu engen Rahmen. Natürlich hatte es auch immer wieder »schwarze Schafe« in seiner Familie gegeben, die ein »normales« Leben vorgezogen haben, doch das war nicht die Mehrheit. Ziggy ist aus Überzeugung Hippie. Nach seinem Biologiestudium ist er sofort losgezogen und hat nach neuen, unbekannten Arten gesucht. Da liegt er auf einer Linie mit Quentin und Cybi. Seine Forschungen, Reiseberichte und Filme verkaufen sich so gut, dass er davon leben kann. Zurzeit arbeitet er an einem Bericht über unbekannte Meerestiere, deshalb das U-Boot. Sein Raumschiff hat er auf der anderen Planetenseite geparkt. Er hofft in ungefähr zehn Tagen fertig zu sein und dann ist wieder ein kurzer Besuch auf der Erde angesagt. Quentin lauscht gebannt, so ein Leben liegt völlig jenseits seines Vorstellungsvermögens. Für den logisch orientierten Cybi ist das sowieso eine total fremde Welt, aber sehr interessant. So sitzen sie lange beisammen und treffen sich auch an den beiden Folgetagen zu weiteren Grillfesten, erzählen Geschichten aus ihrem Leben und tauschen Erfahrungen aus. Die genehmigte Auszeit hat danach ein Ende, Quentin und Cybi müssen aufbrechen. Sie wünschen Ziggy viel Glück und laden ihn zu einem Besuch auf Nasua ein, wann immer er den Wunsch dazu verspürt. Beim Abschied ist ihnen schon etwas wehmütig zumute, haben sie doch mit Ziggy einen Seelenverwandten getroffen. Außerdem kennen sie jetzt ihren ersten Hippie.

11 Zwischenbericht

An dieser Stelle enden erst einmal die Berichte. Die privaten Texte von Quentin und Xixsel gelangen ja nicht über das Institut für galaktische Lebensformen zu mir. Wenn die Beiden gerade mal wieder zuhause auf Nasua sind, dann überträgt Quentin die niedergeschriebenen Erlebnisse auf seinen privaten Rechner. Von dort werden sie danach zu mir übermittelt und ich erstelle daraus die Kapitel für dieses Buch.

Jetzt fragt ihr euch natürlich, warum gerade ich diese Berichte bekomme. Das ist eine etwas längere Geschichte. Seit vielen Jahren tummle ich mich im Galakto-Net und habe dort Kontakt zu vielen Außerirdischen. Dabei benutze ich hauptsächlich den Dienst LIME (Look Into My Eyes), der von dem berühmten Mo Salthill gegründet wurde. Nun wollte es der pure Zufall, dass Quentin genau diesen Dienst benutzte, als er zusätzliche Informationen für eine Studienarbeit über die Erde gesucht hat. So haben wir uns kennengelernt, denn ich beherrsche Interkosmo ziemlich gut, was auf der Erde nicht so häufig ist. Dadurch war die Verständigung kein Problem und ich konnte ihm viel gutes und für ihn neues Material besorgen. Das war einer der Gründe warum seine Arbeit exzellent bewertet wurde. Danach ist der Kontakt nie abgerissen und als er zu seiner ersten Reise aufgebrochen ist, habe ich ihn um die Berichte gebeten, um sie in einem Buch zu verarbeiten. Die Vorstellung, Hauptperson in einem irdischen Buch zu sein, hat ihm so gefallen, dass er sofort zugesagt hat. So geht der Zufall manchmal merkwürdige Wege.

Das nur mal so zwischendurch, jetzt aber weiter mit Quentin! Nach ihrem Zusammentreffen mit dem Hippie wurden Quentin und Xixsel zurück nach Nasua gerufen. Am Institut hatte man bereits intensiv über eine Zusammenarbeit mit Refugia und Herrn Muquagwo diskutiert, aber vor einer endgültigen Entscheidung wollte der Verwaltungsrat noch einmal mit denen reden, die aus persönlicher Erfahrung erzählen konnten.

Quentin berichtete voller Begeisterung von Refugia und der tollen Arbeit, die Herr Muquagwo dort leistete. Danach erzählte er, dass dort bereits viele Tierarten ein Zuhause gefunden hatten, die sonst längst ausgestorben wären. Der absolute Höhepunkt aber war die Beschreibung der Tierklinik, die so in der bekannten Galaxis sicherlich einzigartig war.

Tief beeindruckt überlegte der Verwaltungsrat, ob man nicht auch die Ziele und Aufgaben des Instituts neu diskutieren solle. Hatte man bisher nur detailliertes Wissen über möglichst viele Tierarten gesammelt, wäre eine Erweiterung auf Schutz und Rettung dieser Arten ganz bestimmt eine ehrenwerte zusätzliche Aufgabe. Und in diesem Zusammenhang würde eine Kooperation mit Refugia und Herrn Muquagwo natürlich mehr als sinnvoll sein. Drei Tage dauerte das und danach fiel immer noch keine Entscheidung. Quentin war total genervt und Cybi meinte nur »Diese Sesselpupser!«

Immerhin durften sie dann wieder zu neuen Abenteuern starten und treiben sich augenblicklich irgendwo im Weltall herum. Hier sitze ich nun und habe keinen Stoff zum Weiterschreiben. Dabei trage ich beim Schreiben immer den Original-Hut, um mich zu inspirieren. Mir bleibt nichts Anderes übrig, als zu warten, bis sie wieder auftauchen und ich neue, interessante Berichte über ihre weiteren Abenteuer erhalte.

Deshalb habe ich beschlossen die bisherigen Erlebnisse schon einmal zu veröffentlichen, damit ihr bereits jetzt euren Spaß an ihnen haben könnt. Und ich halte euch garantiert auf dem Laufenden, sobald es Neuigkeiten zu erzählen gibt von Quentin, Cybi und Xixsel.

Danksagung

Für die hervorragende Zusammenarbeit möchte ich mich ganz ausdrücklich bedanken beim Institut für außerirdische Lebensformen auf Nasua.
Ohne die Unterstützung der Institutsmitarbeiter, wäre dieses Buch nicht möglich gewesen.

Besonders bedanken möchte ich mich natürlich bei Quentin, Cybi und Xixsel. Wir sind ein tolles Team!

Ganz herzlich bedanken möchte ich mich auch bei meiner Tochter Carolin. Sie hat mich nicht nur zu diesem Buch ermuntert, sondern auch den kompletten Entstehungsprozess aktiv begleitet.

Herzlicher Dank gilt ebenfalls meiner Frau Anne, die als Testleserin, Illustrationsbegutachterin und psychologische Betreuerin unbezahlbare Arbeit geleistet hat.

Über den Autor

Peter Caprano hat jetzt als Rentner endlich die Zeit all die Geschichten aufzuschreiben, die bereits viele Jahre in seinem Kopf herumgespukt haben. Welch ein Privileg!!

Und dieses Privileg hat bereits zu fünf Büchern geführt. Drei Erzählungen, eine Kurzgeschichtensammlung und die Quentin-Quati-Berichte natürlich. Auch an drei Anthologien hat er sich beteiligt. Weiteres ist in Arbeit.

Über Genres schweigt er sich aus, weil er sich da noch nicht einordnen konnte. Für sachdienliche Hinweise ist er dankbar.

Neben dem Schreiben sind Computergrafiken eine weitere Leidenschaft von ihm.

Mehr Information zu ihm, den Büchern, den Projekten und Leseproben findet ihr auf seiner Homepage: http://petercaprano.jimdo.com/

Vielleicht interessieren Sie auch andere Bücher von Cap-Ko-Books?!

„Hunde und Katzen – Gesunder Darm und intakte Haut mit EM und Naturheil-kunde"

Taschenbuch: 172 Seiten
ISBN-13: 978-3743115293
Größe: 14,8 x 1 x 21 cm
Printausgabe: € 14,99
E-Book: € 7,99

„Mein Trainings-Tagebuch für Pferde"

Taschenbuch: 68 Seiten
ISBN-13: 978-3743193307
Größe: 17 x 22 cm
Printausgabe: € 6,49

„Hautkrankheiten des Pferdes: ganz-heitlich verstehen und behandeln"
Taschenbuch: 160 Seiten
ISBN-13: 978-3743151321
Größe: 14,8 x 0,9 x 21 cm
Printausgabe: € 14,49
E-Book: € 7,49